MARI ET FEMME

Régis de Sá Moreira est né en 1973. Il a publié plusieurs romans, dont *Pas de temps à perdre*, lauréat du prix Le Livre élu en 2002. Il vit actuellement au Brésil. *Mari et femme* est en cours d'adaptation au cinéma.

Paru dans Le Livre de Poche :

LE LIBRAIRE

ZÉRO TUÉS

RÉGIS DE SÁ MOREIRA

Mari et femme

AU DIABLE VAUVERT

L'auteur remercie le Conseil général du Val-de-Marne pour son aide à la création littéraire, et Mme Josiane Herry pour son soutien et sa confiance.

ISBN : 978-2-253-12685-0 – 1re publication LGF

Pour mon mari

La première chose qui t'étonne lorsque tu ouvres les yeux c'est le plafond de votre chambre.
Ça fait des mois que tu dors dans le salon.
Tu ne comprends pas.

Tu tournes la tête sur le côté, ta femme n'est pas dans le lit.
Mais ses longs cheveux blonds s'étalent sous ta joue.
Tu ne comprends pas du tout.

Tu montes une main pour te gratter la barbe.
Ta barbe a disparu.
Tu ne respires plus.

Tu descends ta main sous le drap.
Tu cherches quelque chose entre tes jambes.
Tu ne trouves rien.
Tu te redresses d'un coup.
Tu te tournes vers l'armoire à glace.

Tu cries.

Ta femme crie à ta place.

Tu soulèves le drap pour te cacher en dessous mais tu aperçois ses seins et tu le rebaisses aussitôt.

Tu la regardes dans la glace, elle te rend ton regard, tu n'arrives pas à y croire.

Tu fais la tête qu'elle fait quand elle n'arrive pas à y croire.

Et qu'elle a besoin de faire pipi, comme elle dit.

Tu glisses au bord du lit.

Les chaussettes bleues que ta femme porte pour dormir surgissent à tes pieds.

Tu les regardes horrifié.

Tu t'enroules dans le drap, tu te lèves, tu sors de la chambre et tu t'appuies aux murs du couloir jusqu'à la salle de bains.

Dans laquelle il y a déjà quelqu'un.

Tu t'énerves sur la poignée de porte.

Tu t'entends tousser.

Retousser.

Racler ta gorge.

Cracher.

Tu lâches la poignée et tu recules.

La porte s'ouvre.

Vous criez tous les deux.

Vous vous voyez chacun en face de vous et vous criez.

Vous ouvrez grands vos yeux.

Vous vous dévisagez.

Et vous criez encore.

Ta femme essaie de rentrer ton ventre dans son peignoir.
Tu remontes ton drap sur ses maigres épaules.
Ton corps s'enfuit dans votre chambre.
Tu entraînes le sien dans la salle de bains.

Assis sur les toilettes, ton drap ramassé dans les bras, tu viens de faire pipi pour la première fois de ta vie.

Tu as envie de pleurer maintenant.

Tu prends ton courage à deux mains, tu te lèves, tu tires la chasse d'eau et tu attrapes ton peignoir qui pend à côté de votre baignoire pleine de livres.

Tu te retiens encore de pleurer et tu enfiles ton peignoir avant de laisser glisser ton drap le long du corps de ta femme.

Tu t'approches du lavabo et tu la regardes à nouveau, face au placard à pharmacie.

Tu prends appui sur le lavabo, tu respires, tu la fais respirer.

L'odeur de ta femme t'envahit.

Tu ouvres et fermes ses yeux verts, tu serres ses dents, tu poses ses mains sur ses joues toutes lisses, tu les tires vers le haut et vers le bas.

Sans la quitter des yeux, tu essaies d'ouvrir le robinet d'eau froide.

Les manches de ton peignoir pendouillent, tu renverses une bouteille d'eau de Cologne.

L'eau de Cologne coule dans le lavabo.

Son parfum se répand dans la salle de bains, tu reviens à toi, tu remets la bouteille à sa place et tu verses de l'eau dans les mains de ta femme pour lisser en arrière ses longs cheveux blonds.

Un instant, l'espace d'un instant, tu la trouves belle et ça te rend triste.

Elle devient triste et ça t'agace.

Elle s'agace et ça t'énerve.

Elle commence à s'énerver, tu ouvres le placard pour ne plus la voir.

Tu observes vos brosses à dents côte à côte et tu cherches à gratter ta barbe pour réfléchir.

Un arôme de café passe sous la porte de la salle de bains, se mêle à l'eau de Cologne et te ramène d'un coup à la réalité.

Tu te dis que le café va être beaucoup trop fort comme chaque fois que ta femme le fait.

Puis tu te dis que même dans ton corps ta femme ne perd pas le nord.

Comment arrive-t-elle seulement à faire du café ?

Tu n'en reviens déjà pas d'arriver à penser.

Tu rassembles tes forces, les forces de ta femme, tu sors de la salle de bains, tu marches de ses petits pas dans le couloir.

Tu te prends les pieds dans ton peignoir, tu manques de tomber, tu te rattrapes aux murs du couloir.

Tu arrives dans la cuisine.

Ta femme se retourne, la cafetière dans ta main.

Vous vous tenez face à face.

Vous ne criez plus.

Vous n'arrivez pas à vous regarder, vous baissez les yeux, vous ne dites pas un mot.

Ta femme pose la cafetière sur la grande table de votre cuisine, tu sors une tasse et un bol, elle approche un sucrier et une sucrette, vous vous asseyez l'un en face de l'autre.

Vous fixez tous les deux la cafetière.

Vous hésitez.

Tu attrapes ton bol.

Elle prend sa tasse.

Tu laisses ton corps se servir en premier.

Ta femme ne se fait pas prier.

Tu tends la main vers le sucrier.

Ta femme l'écarte et pousse la sucrette vers toi.

Tu la regardes sans comprendre, puis tu soupires et tu prends la sucrette.

Le café est beaucoup trop fort.

Ta femme lève tes yeux et te regarde pencher son visage dans ton bol.

Tu te brûles son nez et relèves sa tête d'un coup.

Ta femme pose ta main sur ta poitrine et se remet à tousser.

Tu te dis que tu fumes trop et ça te donne envie de fumer mais ta femme a eu un mal fou à arrêter.

Elle se lève, crache dans l'évier, regarde ton crachat dégoûtée.

Tu suis des yeux tes mains poilues qui répondent à ses commandes, ouvrent le frigidaire, sortent un demi citron vert, le pressent dans un verre d'eau, font couler l'eau, remplissent le verre, le portent à ses lèvres.

À tes lèvres.

Ta femme boit le verre d'un trait puis elle attrape la bouilloire pour allonger le café.

Le café allongé est dégueulasse mais tu peux au moins le boire sans grimacer.

Tu regardes ta femme lever sa tasse à ta bouche.

Heureusement que ta barbe cache à moitié ton visage.

Tu te trouves triste et moche et ça n'est pas nouveau.

C'est ce que tu voyais chaque matin, dans la glace de la salle de bains.

Pourtant tu parais moins mou, moins résigné.

C'est peut-être le café.

Ton chat entre dans la cuisine, saute sur la table, s'avance vers ton corps, recule.

S'avance vers toi, recule.

Hésite.

Vous regarde en frémissant.

Ses poils se hérissent.

Il recule encore.

Saute de la table.

Et s'enfuit.

L'air s'alourdit.

Vous vous dévisagez à présent, ta femme et toi, toi et ta femme, assis l'un à la place de l'autre à la table de votre cuisine.

Vous vous accrochez à la table.

Vous essayez de supporter ce qui vous arrive.

De vous supporter.

Vous n'osez pas encore vous parler.
Si vous aviez le cœur à rire, vous ririez sûrement.
Mais votre cœur est las et vous ne riez pas.

Tu es elle et elle est toi.
Pour une séparation, c'est raté.

Ta femme ne perd pas le nord et elle jette un de tes yeux à l'horloge de votre cuisine.

Elle a déjà raté la gym.

Elle racle un peu ta gorge, prend ta respiration et te demande soudain d'aller à son travail.

Tu recraches ton café en entendant ta voix puis tu t'essuies la bouche et lui réponds avec sa voix à elle qu'elle est cinglée.

Ta femme t'explique qu'elle peut difficilement aller à son bureau dans ton corps, et qu'elle peut encore moins manquer son rendez-vous de onze heures avec un auteur de best-sellers.

Tu lui réponds que c'est hors de question.

Elle perd patience et te rappelle que vous avez besoin de son travail.

Tu la regardes dans tes yeux et lui demandes qui va faire le tien.

Ta femme te regarde étonnée.

Te dit en évitant son regard qu'elle croyait que tu arrêtais.

Tu la remercies pour son soutien.

Elle te dit que ça n'est pas le moment et te prie à nouveau d'emmener son corps à son bureau.

D'être à son rendez-vous.

De ne pas perdre son boulot.

Tu dis que c'est impossible et tu allumes la radio.

Ta femme te répond avec ta grosse voix que ce qui vous arrive est impossible.

Tu le lui accordes avec sa petite voix et tu éteins la radio.

Ta femme ajoute que vous n'avez pas le temps de discuter, te demande si c'est oui ou non.

Tu rebois une gorgée de café.

Tu fais la moue avec sa bouche.

Tu lui montres le sucrier du doigt.

Ta femme te regarde sans comprendre, puis soupire et pousse le sucrier vers toi.

Tu lâches trois sucres dans ton café, tu tournes lentement ta petite cuillère, tu l'exaspères.

Ta femme met ta main devant ta bouche et recommence à tousser.

Tu lui demandes si tu dois te maquiller.

Elle s'étrangle, te répond que oui, mais qu'elle va t'aider.

Et à t'habiller ?

Et à t'habiller aussi.

C'est un lundi matin et tu es dans le métro.

Tu as passé tout le week-end à décider avec ta femme de votre séparation et tu te déplaces à présent dans son corps pour te rendre à son bureau.

Elle t'a choisi des vêtements simples et pas trop féminins, un pantalon noir léger, une chemise blanche, des sandalettes, et c'est moins difficile, plus naturel que tu ne l'aurais pensé car tu n'es pas un homme habillé en femme.

Tu es une femme.

Des hommes te regardent mais tu ne les remarques pas. Tu n'as pas l'habitude et tu es trop occupé à te regarder toi, à l'intérieur de ta femme, à essayer de comprendre ce qui vous arrive.

Ça fait des années que tu n'as pas pris le métro à l'heure de pointe, tu as du mal à entrer dans le rythme, tu laisses passer tout le monde, tu rates ta correspondance, on te bouscule et tu manques de tomber mais tu te sens si léger que tu as l'impression de flotter.

Tu te ressaisis, une place se libère, tu t'assois, tu respires.

Tu renifles.

L'odeur de ta femme te suit partout.

Tu poses ses mains sur ses genoux et tu les regardes.

Tu les observes.

Tu en pinces une avec l'autre, tu la grattes, tu la tapes, tu la caresses, tu la montes aux lèvres de ta femme et sans y penser, tu te mets à l'embrasser.

Un passager lève les yeux de son journal et te regarde faire, tu le fixes en continuant, l'esprit ailleurs.

Le passager change de place, tu aperçois ta femme qui s'embrasse la main dans la vitre du métro et tu la reposes aussitôt.

Tu essaies de ne plus bouger, ton soutien-gorge et ta petite culotte te dérangent, tu regardes les autres femmes et tu te demandes comment elles font pour les oublier.

La plupart écoutent de la musique avec des oreillettes et lisent des magazines.

Les autres sont assises les yeux dans le vide.

Tu te concentres pour voir le même vide qu'elles.

Il t'envahit.

Tu laisses la tête de ta femme se poser contre la vitre et tu regardes son visage tout près du tien.

Tu entres en sandalettes dans le hall d'une tour de bureaux et tu avances vers l'ascenseur.

La réceptionniste est au téléphone, elle te fait un signe automatique de la main, tu murmures un bonjour, tu détestes venir ici, ça sent le business, la production, le best-seller à plein nez.

La réceptionniste te suit des yeux, tu te rends compte que tu traînes des pieds et que tu avances voûté, avec ta démarche d'homme, enfin de ce qu'il en reste.

Tu te reprends, tu sors les mains de tes poches et tu imites d'un coup l'allure nerveuse et affairée de ta femme. Ça n'est pas difficile, tu la connais par cœur, elle te sort par les yeux et tu es dans son corps.

Tu prends l'ascenseur avec d'autres corps qui te font des petits signes de tête auxquels tu réponds en les imitant à leur tour.

Tu sors au vingtième étage et tu avances dans un couloir qui fait vingt fois celui de ton appartement vers l'agence de ta femme.

Tu hais les bureaux, le café réchauffé, les bruits de téléphone, la moquette et l'air conditionné.

Tu frappes à la porte sans réfléchir et tu reconnais la voix chaude et sensuelle de l'assistante de ta femme qui te dit d'entrer.

Tu entres, elle te regarde surprise, puis sa surprise laisse rapidement place à ce qui ressemble à de la crainte. Tu cherches quelque chose à dire et tu entends la voix de ta femme s'excuser pour ton retard. Son assistante a l'air encore plus surprise, encore plus craintive, elle te demande timidement si tu as passé un bon week-end, tu ne sais pas quoi répondre, le pire week-end de ta vie, alors tu ne réponds rien et tu entres dans le bureau de ta femme.

Tu vas directement à la fenêtre, tu l'ouvres pour échapper à l'air conditionné, tu observes l'avenue depuis le vingtième étage et tu te dis que si tu travaillais ici, il y a longtemps que tu aurais sauté.

On frappe à la porte, tu sursautes, l'assistante de ta femme entre avec un café réchauffé et le pose délicatement sur le bureau.

Tu la regardes faire et tu penses au nombre de fois où tu as rêvé que l'assistante de ta femme était ton assistante, que la tour était en flammes, qu'elle entrait dans ton bureau, que vous n'aviez plus qu'une heure à vivre, qu'elle se jetait sur toi.

Mais jamais sur ta femme.

Tu la remercies quand même, tu lui demandes à ton tour si elle a passé un bon week-end, elle balbutie que oui, et tu laisses les yeux de ta femme suivre les fesses de son assistante quand elle s'en va.

Tu t'approches du bureau, tu bois difficilement le café de ta femme, c'est la deuxième fois de la journée et tu lui en veux.

Le téléphone sonne, tu décroches et tu renverses ton café sur toi en entendant ta voix te dire c'est moi.

Ta femme te demande de lui lire ses messages électroniques.

Tu ouvres son ordinateur puis tu changes d'avis et tu lui réponds qu'il y a Internet gratuit à la laverie automatique.

Elle ne répond rien.

Soupire.

Te demande où tu ranges la lessive.

Tu lui dis qu'il faut en racheter.

Elle te demande laquelle.

Tu soupires toi aussi, réponds celle qu'elle veut.

Ta femme te souhaite bonne chance pour son déjeuner et te demande de ne pas manger de produits d'origine animale.

Tu lui raccroches au nez.

Son reflet apparaît dans l'écran de son ordinateur, tu ouvres vite un document blanc pour ne plus la voir.

Machinalement, tu poses les doigts fins de ta femme sur son clavier et tu regardes l'écran blanc.

Tout blanc.

Si magnifiquement blanc.

Vous n'avez plus Internet chez vous depuis que tu as sauté à pieds joints sur votre modem parce que Internet t'empêchait d'écrire.

C'était après avoir descendu votre télévision à la cave parce que la télévision t'empêchait d'écrire.

Après avoir jeté ton téléphone portable par la fenêtre parce que le téléphone t'empêchait d'écrire.

Avant d'offrir ton ordinateur à tes beaux-parents parce que ton ordinateur t'empêchait d'écrire.

De vider la bibliothèque de votre salon dans votre baignoire parce que les livres t'empêchaient d'écrire.

Et d'arrêter d'écrire parce que écrire t'empêchait d'écrire.

Tu sais que ta femme a eu un mal fou à ne plus fumer mais tu sais aussi que tu n'es pas ta femme et tu ouvres la porte de son bureau pour demander à son assistante si elle n'a pas une cigarette.

Ta première cigarette te sert habituellement de petit déjeuner, dès que ta femme a claqué la porte de votre appartement pour se rendre à la salle de gym.

L'assistante de ta femme lève les yeux sans réagir.

Tu attends.

Elle ouvre grand la bouche en te regardant.

Tu détournes nerveusement les yeux.

Elle se reprend.

Toi aussi.

Elle hésite une seconde, comme s'il pouvait s'agir d'un piège que ta femme lui tendrait, puis elle fouille dans son sac pour en sortir un paquet de cigarettes et un briquet.

Tu es tellement embarrassé que tu prends le tout et tu disparais.

Penché par la fenêtre au vingtième étage d'une tour de bureaux, tu fumes une cigarette et tu as envie de gerber.

Tout le corps de ta femme t'ordonne d'arrêter, tu tousses, tu te tords, mais c'est toi le plus fort.

Ton travail n'avance pas depuis des années, ça fait des mois que tu dors dans le canapé, tu n'écris plus, tu n'aimes plus, tu tiens au moins à continuer de fumer.

Le téléphone sonne de nouveau, tu hésites à jeter ton mégot du haut des vingt étages puis tu le noies finalement dans ton café.

La réceptionniste t'annonce de sa voix sans âme que ton rendez-vous t'attend en bas, à l'accueil de la tour.

Tu la remercies puis tu raccroches, fouilles dans le sac à main de ta femme et examines son visage dans son poudrier.

Tu la regardes un moment, tu claques son poudrier sans la repoudrer, tu attrapes un dossier au hasard pour te donner une contenance, tu sors de ton bureau et tu t'excuses auprès de ton assistante, toujours plus étonnée, toujours plus craintive, de ne pas pouvoir déjeuner avec elle.

Tu arrêtes l'ascenseur entre deux étages, tu sens une présence, tu respires profondément, tu te retournes et tu regardes ta femme dans la glace.

Tu as l'impression qu'elle te regarde aussi.

Tu fais un pas vers le miroir et tu lui envoies un coup de poing dans le visage.

Elle envoie aussitôt son poing contre le tien.

Tu remets l'ascenseur en marche et tu gémis de douleur en secouant sa main.

Tu déjeunes avec un auteur de best-sellers autour d'un plateau de fruits de mer et tu t'étonnes d'éprouver de la compassion pour les huîtres.

Ton dernier roman date d'avant ton mariage mais tu dois écouter cet enfoiré te dire combien il est satisfait de son nouveau thriller, le deuxième cette année.

Cet enfoiré est aussi un homme suave et charmant, père de trois enfants, avec un beau costume et une maison à la campagne. Tu penses machinalement que tu dois avoir l'air d'un clochard à côté de lui avant de te rappeler que non, tu as l'air de ta femme.

Elle t'a souvent parlé de ses livres et tu as toujours refusé de les lire, en cachant mal ton envie et ta jalousie derrière ton air condescendant.

Tu ne sais pas quoi lui répondre.

Tu ne sais pas quoi dire.

Tu comprends que ça n'est pas très grave, que tu es surtout là pour écouter.

L'auteur de best-sellers t'explique qu'il s'est brouillé avec son agent, que celui-ci ne pensait plus qu'à faire de l'argent.

Tu as du mal à l'écouter.

Tu regardes les huîtres qu'il gobe une à une comme les gens gobent ses livres et tu as envie de vomir.

Tu essaies de te consoler en te persuadant que tu es un véritable écrivain et lui un auteur à succès, tandis qu'il te parle de son prochain sujet, te confie qu'il a hâte de s'y mettre, qu'il n'a pas assez de temps pour écrire tous les romans qu'il a en tête.

Tu t'énerves sur un crabe.

Il te regarde et t'avoue qu'il t'aurait cru végétarienne.

Tu lui réponds que tu as changé d'avis ce matin.

Il rit, te dit qu'il t'aime bien.

Tu veux le tuer, tu ne peux pas croire que tu vas l'inviter.

Mais ce ne sont pas tes livres qui vont payer votre appartement.

Tu attends impatiemment le café en te demandant une fois de plus si le véritable écrivain est bien celui qui n'écrit pas.

Tu commences à en douter.

L'auteur de best-sellers te propose un énorme cigare juste pour voir ta tête mais tu l'acceptes sans hésiter.

Il te regarde séduit et pose sur la table une chemise cartonnée.

Tu actionnes aussitôt le sourire de ta femme, le professionnel, celui qu'elle abandonne le soir quand elle rentre chez vous.

En sortant du restaurant, l'auteur de best-sellers te demande des nouvelles de ton mari, te redit combien il avait aimé son précédent roman.

Tu mens.

Tu dis que tu vas bien.

Que tu écris tout le temps.

Qu'on ne peut plus t'arrêter.

Son sourire n'a rien de professionnel, il est heureux d'entendre ça.

Sincèrement heureux.

Pas jaloux, pas envieux, même pas condescendant.

Un sourire d'enfant.

Tu penses à ton mari, c'est-à-dire à toi, et tu te détestes.

Tu as soudain envie d'être l'auteur de best-sellers.

Mais c'est impossible.

Tu es déjà ta femme.

Tu as passé l'après-midi à fumer ton cigare à la fenêtre du bureau de ta femme en te demandant lequel de vous deux mourrait si tu sautais et tu voyages de nouveau sous terre, assis dans le métro.

Tout le monde fait la gueule et tu te mélanges sans problème.

Tu as envie de frapper chaque homme qui te regarde mais avec le corps de ta femme ça n'est pas gagné. Elle a beau passer une heure par jour à la salle de gym, il y a plus costaud que toi dans le wagon.

Tu pourrais te réfugier comme elle le ferait sûrement dans la lecture du futur best-seller dont le manuscrit dépasse de son sac mais ça fait longtemps que tu as arrêté de lire.

Au lieu de ça, tu aides le wagon à se remplir de colère et de frustration.

Tu sors enfin du métro, dehors il fait déjà sombre, ta journée te dégoûte, tu te demandes comment tu arrivais à écouter celles de ta femme quand elle te les racontait.

Tu t'arrêtes pour boire une bière dans le premier bar que tu trouves, tu hésites à asseoir le corps de ta femme seul au comptoir mais le barman te salue, te fait un clin d'œil et te sert un gin tonic avant même que tu n'ouvres sa bouche.

Tu t'assois, tu vides ton verre d'un trait pour t'en remettre, le barman n'a pas l'air surpris et t'en ressert un aussitôt.

L'alcool te rend paranoïaque, tu détestes le gin mais tu as soudain peur que le barman te perce à jour et dise à tout le comptoir que tu n'es pas ta femme.

Tu te forces à boire en te demandant depuis quand elle boit.

Le crabe, le cigare et le gin se mélangent dans le corps de ta femme et te rendent quelque peu nauséeux mais tu laisses le barman te servir une troisième fois et tu attrapes des cacahuètes chaque fois qu'il te tourne le dos.

D'une main tu retiens les longs cheveux blonds de ta femme, de l'autre tu t'appuies sur la lunette et tu vomis agenouillé au-dessus de vos toilettes.

Tu détestes le gin mais aussi les cacahuètes, le crabe, les cigares, ta femme, toi, la vie, votre salle de bains, votre baignoire et chacun des livres qui en dépasse.

Tu essaies de vomir tout ça, tu t'étrangles, tes yeux s'embuent.

Les bains seuls vous dépriment tous les deux et votre baignoire ne servait plus à rien de toute façon.

Tu te relèves, tu tires la chasse, tu entres dans la douche sans te déshabiller, tu fais couler l'eau chaude, tu fermes les yeux et tu t'abandonnes.

Les vêtements de ta femme se collent à son corps, tu les laisses faire, ses bras pendent, tu voyages sous la douche comme tu le faisais dans ton corps, trois ou quatre fois par jour qui étaient les meilleurs moments de tes journées.

Tu aimes l'eau et tout contact avec elle. Tu aimes la douche. Tu veux vivre sous la douche, les yeux fermés, laisser l'eau chaude couler le long de ta nuque, ou de celle de ta femme peu importe, dans une extase béate jusqu'à ta mort, ou celle de ta femme peu importe.

Mais votre ballon d'eau chaude ne t'en laisse pas le temps.

Tu râles, tu te déshabilles et tu te savonnes en vitesse.

L'eau se refroidit de plus en plus, les seins de ta femme se durcissent, tout son corps s'anesthésie, tu nettoies son sexe le plus distraitement possible mais tu sens quand même quelque chose.

Un petit quelque chose.

Un frisson.

Un secret.

Tu sors de la douche frigorifié, tu enfiles le peignoir de ta femme aussitôt suivi du tien, puis tu enroules ses cheveux dans une serviette pour t'épargner le vacarme de son sèche-cheveux.

Ta femme s'est endormie, ton corps affalé sur votre lit.

Elle porte une robe de chambre qu'elle t'avait offerte peu après votre mariage mais que tu n'as jamais portée.

Tu entres dans la chambre, tu fais du bruit exprès, tu jettes tes peignoirs sur le lit.

Ta femme ouvre un œil et sursaute en découvrant son corps entièrement nu en train de chercher des habits dans vos tiroirs.

Tu regardes dans le miroir ton corps étendu derrière toi.

Ta femme observe sa nuque, son dos, ses fesses.

S'attarde sur ses fesses.

Laisse tomber ta mâchoire.

Tu enfiles un de tes caleçons.

Ta femme se retourne dans le lit face au mur, ton

caleçon tombe à ses pieds, elle te demande comment s'est passé son déjeuner.

Tu ne réponds rien, tu vas chercher le manuscrit de l'auteur de best-sellers et tu le jettes sur le lit avant de fouiller dans ses habits à elle.

Ta femme se retourne à nouveau, arrange ta robe de chambre, attrape le manuscrit, te remercie et s'y plonge immédiatement.

Tu la regardes agacé en continuant de t'habiller.

Sans lever tes yeux, elle te fait remarquer que tu t'habilles avec ses affaires de gym.

Tu lui réponds que tu ne passes pas tes journées en robe de chambre.

Elle te dit qu'elle la porte, elle, au moins.

Tu soupires.

Elle aussi.

Le silence règne dans votre cuisine.

Ta femme t'observe écœurée remplir son corps de chips et de bière, tu plains le tien qu'elle rationne de tofu et de thé vert.

Elle se tait pour ne pas entendre ta voix, tu te tais pour lui épargner la sienne.

La seule chose qui vous soulage c'est de ne plus vous voir l'un l'autre.

De la poche de ta robe de chambre, ta femme sort une plaquette de pilules et la pose devant toi.

Tu lèves ses yeux étonné et tu lui demandes pourquoi puisque vous ne couchez plus ensemble depuis des mois.

Elle soupire, répond qu'elle pourrait très bien rencontrer quelqu'un.

Tu lui rappelles que ça va être difficile maintenant.

Elle te répond que toi aussi tu pourrais rencontrer quelqu'un.

Tu lui demandes de qui elle parle exactement.

Elle te prie de ne pas tout compliquer et de prendre sa pilule.

Tu lui demandes si elle a un amant.

Elle te répond que non.

Tu ajoutes que si tu dois aussi coucher avec son amant, tu aimerais mieux qu'elle te le dise maintenant.

Elle te répète qu'elle n'a pas d'amant.

Comme si elle avait le temps.

Tu objectes que ça n'est pas une question de temps.

Sans quoi tu aurais cinquante maîtresses avec tout celui qu'elle te laisse.

Elle te demande ce qui te retient.

Tu lui demandes si elle a envie de coucher avec ta maîtresse.

Elle te répond que tu es odieux.

Tu lui dis que c'est elle qui a commencé avec sa pilule.

Elle t'explique que ça n'a rien à voir, qu'elle continue de prendre la pilule pour se régler, pour contrôler son corps, que c'est essentiel pour son bon fonctionnement.

Tu lui demandes à quel moment de votre mariage elle est devenue une machine.

Ta main se lève d'un coup, ta femme te gifle avec.

Tu tombes par terre.

Tu te couvres la joue.

Tu la regardes sans expression.

Ta femme vient de te frapper et tu as honte pour elle.

Mais tu n'as pas l'habitude de te voir dans cette robe de chambre et tu trouves qu'elle te va quand même bien.

Ta femme se voit à terre, elle panique, elle s'agenouille, elle te demande si ça va, te dit qu'elle est désolée, qu'elle n'a pas l'habitude, ne connaît pas ta force.

Tu lui dis que ça va, de ne pas s'inquiéter, que pour le nombre de fois où ça t'a démangé, ça te fait presque du bien.

Elle a un petit rire dans son trouble.

Sa joue te brûle mais tu entends ton rire.

Ça fait si longtemps que tu n'as pas ri.

Ça fait si longtemps que tu ne l'as pas fait rire.

L'appartement se calme, ta femme fait semblant d'être dans son corps, tu fais semblant d'être dans le tien.

Ses longs cheveux et ta grosse barbe ne vous facilitent pas la tâche mais vous vous mettez exceptionnellement d'accord pour nier la réalité, oublier cette journée, décider que les choses vont revenir dans l'ordre après une bonne nuit de sommeil.

Vous vous déplacez dans l'appartement en évitant les reflets, vous vous laissez passer poliment, vous prétendez que tout va bien, qu'il n'y a aucun problème, ce qui vous change un peu de votre quotidien.

Ta femme allonge ton corps sur votre lit en compagnie du futur best-seller, tu assois le sien dans le salon pour contempler votre bibliothèque vide.

Ton chat sort de sous le canapé, te regarde de ses

yeux verts à travers ceux de ta femme, s'approche de toi et s'enroule petit à petit à ses pieds.

Vous hésitez un peu au moment de vous coucher, ta femme te propose délicatement la chambre, tu insistes gentiment pour rester dans le canapé.

Tout ce que vous demandez c'est de vous rendormir et de vous réveiller normalement.

Chacun en soi et pour soi.

Vivre séparément.

Vous allez même jusqu'à vous dire bonne nuit.

C'est un nouveau matin dans votre cuisine.

Il fait beau, vous êtes assis l'un en face de l'autre, vos peignoirs sont à vos tailles et le café est délicieux.

Ta femme te conseille d'aller à la gym et tu lui suggères d'aller se faire foutre.

Ajoutes que tu ne comptes pas non plus retourner à son boulot.

Encore moins prendre le métro.

La radio diffuse une musique classique et légère, ta femme te regarde froidement comme tes yeux savent si bien le faire et te demande si tu penses payer votre divorce avec le prix Nobel de littérature.

Tu lui renouvelles ta suggestion.

Rajoutes du sucre dans ton bol.

Et allumes ta première cigarette sous son nez.

Tu tousses, ta femme aussi, ton chat s'approche de toi et saute sur ses genoux.

Tu jettes ta cigarette par la fenêtre et recules un peu ta chaise pour le caresser.

Ta femme a un haut-le-cœur en voyant ses doigts fins passer dans les poils de ton chat.

Elle repose lentement sa tasse, tu soulèves ton chat en l'air et l'approches de son visage.

Ta femme se lève de sa chaise.

Ton chat frotte son museau humide contre son nez.

Ta femme se retourne au-dessus de l'évier.

Elle te demande si tu comptes toujours aller vivre chez ton frère.

Tu lui réponds que ce sera toujours mieux que de retourner chez sa mère.

Vous en êtes là.

Vous ne savez pas où vous en êtes.

Quand la sonnette d'entrée vous surprend tous les deux.

Tu reposes ton chat par terre, ta femme reprend ses esprits, vous allez d'un même élan ouvrir la porte de votre appartement et vous vous retrouvez face à un jeune couple accompagné de votre agent immobilier.

Tu affiches un grand sourire sur le visage de ta femme et tu les invites à entrer.

Ils s'excusent de vous déranger si tôt mais ils travaillent tous les deux et n'ont pas beaucoup de temps libre.

Ta femme leur répond qu'elle comprend, qu'elle sait ce que c'est, mais dans ta bouche ça ressemble à une blague.

Ils avancent dans le couloir, vous les suivez dans chaque pièce et vous écoutez l'agent leur vanter votre appartement.

Leur dire qu'avec la taille de la cuisine, le salon peut facilement devenir une chambre d'enfant.

Comme vous l'avait dit son prédécesseur quelques années avant.

Ta femme sent ses yeux posés sur elle et détourne ta tête.

La future maman t'envoie un petit sourire complice.

Le tien se décolle, tu baisses les yeux.

Vous arrivez dans la salle de bains et l'agent se met à tousser au milieu d'une phrase en découvrant votre baignoire remplie de livres. Tu expliques qu'avec la taille de la cuisine, la salle de bains peut facilement devenir un salon. Tout le monde rit sauf ta femme.

La visite continue.

Dans la chambre, la jeune femme s'adresse timidement à ta femme et lui demande si elle n'est pas toi. Ta femme acquiesce sans comprendre. La jeune femme avoue qu'elle a vu votre nom sur la boîte aux lettres et dit qu'elle attend avec hâte ton prochain roman. Ta femme lui répond qu'elle aussi. Tout le monde rit sauf toi.

Vous avez fait le tour de l'appartement.

Ta femme essaie de retenir vos visiteurs comme si elle avait peur de rester seule avec toi. Tu la comprends, tu n'aurais pas envie de rester avec elle non plus. Elle leur propose un café mais ils n'ont vraiment pas le temps. Elle insiste même auprès de l'agent qui la remercie mais qui a d'autres appartements à faire visiter.

Ta femme en profite pour lui demander s'il a des studios en ce moment. Il lui répond que non mais qu'il la tiendra au courant. Ajoute à ton adresse qu'il pensait que c'était pour Madame. Ta femme regarde celui qu'on appelle Madame et qui est son mari.

Tout le monde est mal à l'aise et a envie de s'en aller maintenant.

La porte de votre appartement se referme sur l'agent et la future petite famille.

Il reste un peu de leur bonheur qui flotte dans le couloir.

Vous vous évitez du regard.

Ta femme se terre dans ton corps.

Tu dis simplement que tu vas aller à son travail.

Elle te propose son aide pour t'habiller.

Tu lui demandes si tu peux te passer de sous-vêtements.

Elle te répond que oui.

Ajoute que ce n'est pas avec ses seins que tu vas tomber en avant.

Tu la regardes agacé.

Presque vexé.

Tu défendais toujours ses seins lorsqu'elle les critiquait.

Tu lui dis que tu vas te débrouiller.

Tu es de nouveau dans le métro, nu sous un sweat-shirt et un pantalon de survêtement, et tu lis dans le carnet de ta femme les instructions qu'elle t'a écrites pour parer à l'essentiel de son travail.

Coups de fil, e-mails, contrats, déjeuners, cocktails.

Un passager commence à te regarder mais tu as l'air si désemparé qu'il n'insiste pas.

Tu courbes la tête de ta femme et tu joues nerveusement avec son alliance, c'est la seule chose de toi qui t'est familière.

Dans ton malaise, tu as quand même l'intelligence de te dire que ça pourrait être pire.

Que ta femme pourrait être médecin, par exemple.

Ou vétérinaire.

Qu'au moins vous ne mettez pas de vies en danger.

Pas d'autres que la vôtre en tout cas.

Qui était déjà condamnée.

Tu lèves la tête et tu te dis que le métro n'est pas bon pour toi, trop de réalité, pas assez de rêve.

Ou trop de rêve et pas assez de réalité.

Tu passes la main droite de ta femme sous son sweat-shirt, tu la poses sur son ventre, tu tâtes ses abdominaux, puis tu la remontes discrètement en jetant un œil au magazine de ton voisin et tu soutiens son sein gauche, le plus petit, celui qu'elle n'aime pas.

Tu l'enveloppes.

Tu le presses contre toi.

Tu sens le cœur de ta femme qui bat sous sa main.

Sans rien te demander.

Sans que tu lui demandes rien.

Et tu commences à t'intéresser au magazine de ton voisin.

Il s'en rend compte et se tourne de l'autre côté.

Tu te demandes ce que ça peut lui faire que vous lisiez son magazine à deux.

Un article sur les Caraïbes en plus.

Tu lui demandes ce que ça peut lui faire que vous lisiez son magazine à deux.

Mais il a de la musique plein les oreilles et n'entend pas la voix de ta femme.

Debout près de toi une ravissante jeune fille te sourit.

Tu as encore moins l'habitude qu'avec les hommes.

À trois, elle dit.

C'est la troisième fois de la matinée que l'auteur de best-sellers téléphone au bureau de ta femme, son assistante commence à trouver bizarre que tu ne veuilles pas lui répondre mais tu te sens trop déboussolé pour considérer sa vie ou son œuvre, d'autant que tu n'as aucune idée de quoi peut parler son manuscrit.

Ton assistante insiste en étudiant ton sweat-shirt et ton pantalon de survêtement, tu regardes émerveillé sa bouche qui te parle et tu la laisses te convaincre de le rappeler.

L'auteur de best-sellers te dit à peine bonjour, te demande d'entrée des nouvelles de son manuscrit, s'étonne que tu ne l'aies pas recontacté plus tôt.

Tu entends des bruits de clavier en même temps qu'il te parle et tu l'imagines qui écrit sans arrêt dans sa maison de campagne, ses trois enfants qui écrivent près de lui, sa femme qui écrit dans le jardin.

Tu lui rappelles qu'il t'a remis son manuscrit la veille, il te répond qu'il pensait avoir affaire à une professionnelle. Tu as envie de te lever et de lui demander s'il parle bien de ta femme mais tu te maîtrises. Tu cherches une excuse, tu commences à lui expliquer que tu es en pleine séparation, puis tu te ravises.

Te reprends.

Et lui avoues que tu voulais réfléchir un peu avant de l'appeler, que tu es embêté d'avoir à lui dire ça mais que tu es plutôt déçu, que ce n'est pas aussi bon que les précédents, qu'il va falloir beaucoup retravailler.

Tu entends les bruits de clavier qui ralentissent puis qui s'arrêtent tout à fait. Ses trois enfants lèvent la tête et le regardent. Sa femme le fixe depuis le jardin.

L'auteur de best-sellers te demande des détails.

Tu réfléchis rapidement et tu lui réponds que ça n'est pas, hélas, une question de détails, c'est tout l'univers qui ne fonctionne pas.

Sa femme rentre du jardin sans un mot et monte à l'étage avec ses enfants.

Tu sais que l'auteur de best-sellers n'a pas l'habitude et que, best-seller ou pas, tu lui fais mal.

Il ne répond plus.

Sa femme et ses enfants font leurs valises.

Tu écoutes un peu sa respiration avant de lui infliger le coup de grâce.

Peut-être qu'il devrait mettre son roman dans un

tiroir, ça arrive aux meilleurs de rater, et en commencer un tout autre.

Sa respiration s'arrête.

La voiture de sa femme démarre.

L'auteur de best-sellers est seul à présent dans sa grande maison de campagne.

Le soir tombe.

Tu regardes le soleil qui brille par la fenêtre et tu insistes.

Avec toutes les idées qu'il a, ça ne devrait pas lui poser de problèmes.

Il te raccroche au nez.

Tu souris.

Méchamment.

Tu ne souris pas vraiment.

Tu ouvres la cartouche de cigarettes que tu t'es achetée en sortant du métro et tu en allumes une sans même aller à la fenêtre.

Tu as trop peur de sauter.

Ou plutôt de tomber.

Et de t'écraser.

La tête de ton assistante quand tu lui demandes de te commander un cheeseburger avec des frites.

Ton sourire.

Et puis, timidement, le sien.

Tu rentres du boulot crevé.

Tu n'as même pas eu besoin de travailler, le simple fait d'exister toute une journée dans le corps de ta femme suffit à t'épuiser.

Tu pousses la porte de votre appartement et tu trouves le sol du couloir recouvert de tous vos livres. Tu avances jusqu'à la salle de bains en essayant de ne pas marcher dessus, tu t'assois sur les toilettes et tu fais pipi en regardant votre baignoire vide et encore humide.

Tu sors de la salle de bains, tu aperçois un de tes romans au sol, tu le piétines franchement, tu entrouvres la porte de la chambre et découvres ton corps nu, de dos, endormi à nouveau, en chien de fusil sur votre lit.

Tu commences à t'approcher mais tu aperçois le manuscrit de l'auteur de best-sellers étalé sur le lit et tu fais aussitôt demi-tour sur la pointe des pieds de ta femme.

Tu refermes doucement la porte et tu marches sans y penser sur les livres, sur tous les livres, qu'ils soient de toi ou non.

L'appartement est calme, tu entres dans le salon, tu t'assois sur le canapé et tu observes en silence votre bibliothèque vide qui te procure un bien-être proche de l'abnégation.

Tu ne fais rien, tu ne t'occupes de rien.

Tu t'adosses au canapé.

Tu respires.

Le corps de ta femme se détend un peu.

Tu relâches ses épaules.

D'un doigt, tu te mets à enrouler ses cheveux.

Ton chat saute sur le canapé et se blottit contre son ventre.

Tu t'absentes.

Oublies qui tu es, qui tu n'es pas.

Tu n'es plus là.

Il n'y a plus personne.

Simplement une respiration.

Un ronronnement.

De longs cheveux blonds qui s'enroulent et se déroulent autour d'un doigt.

Et un petit « mmm » qui s'échappe des lèvres de ta femme, comme si son corps essayait de te dire merci.

Tu occupes le salon, ta femme garde la chambre.

Vous écoutez vos pas dans l'appartement.

Vous savez où vous allez, ce que vous faites, et à quel moment.

Ta femme emmène ton corps dans la salle de bains quand elle entend le sien entrer dans la cuisine.

Tu restes dans la cuisine en attendant qu'elle sorte de la salle de bains.

En traversant le couloir, tu jettes un œil par la porte entrouverte de votre chambre et tu l'aperçois qui essaie d'habiller ton corps devant l'armoire à glace.

Elle rentre ton ventre, tend les manches de ta belle chemise blanche, lève ton menton, prend un air séducteur.

Regarde ton reflet.
Secoue ta tête.

Tu baisses la sienne, tires la porte vers toi et te replies dans le salon.

Tu te réveilles en sueur au milieu de la nuit, tu vérifies d'une main le corps qui t'appartient et tu soupires.

Ta femme t'a souvent parlé de ses maux de tête mais tu ne pensais pas que c'était à ce point.

Tu sors du canapé toujours en survêtement, tu enlèves ton sweat-shirt tout trempé, tu vas chercher une aspirine dans la salle de bains, tu marches dans le couloir avec ses seins à l'air, tu te prends les pieds dans les livres, tu entres dans la cuisine et tu sursautes à la vue de ton corps assis à votre table et plongé dans le manuscrit de l'auteur de best-sellers.

Seule la lumière de la hotte est allumée, ta femme est tellement absorbée par sa lecture qu'elle ne te voit ni ne t'entend. Elle a à peine touché la petite assiette de carottes râpées qu'elle s'était préparée.

Tu te forces à tousser.

Ta femme lève ta tête, regarde ses seins avec tes yeux hagards, retourne dans le manuscrit.

Tu te demandes où elle est, avec qui, et si un de tes livres lui a jamais fait cet effet. Tu te demandes même pour la première fois de quoi peut parler le manuscrit.

Tu sors un verre en faisant le plus de bruit possible, tu le remplis d'eau, tu le vides, tu le remplis à nouveau mais ça ne suffit pas à distraire ta femme.

Sa tête te fait mal, tu t'assois en face d'elle pour boire ton aspirine et tu regardes ton visage de travers.

Tu t'étais promis de ne plus te raser avant la sortie de ton prochain livre.

Aujourd'hui, ta femme gratte ta barbe en lisant le nouveau thriller d'un auteur de best-sellers.

Tu lui fais la gueule un petit moment sans même qu'elle soit au courant puis tu presses ses tempes avec ses paumes et tu lui demandes si c'est bien.

Ta femme te répond sans lever tes yeux, et sur un ton dont tu ne savais pas ta voix capable, que c'est palpitant, un chef-d'œuvre, surtout le personnage du meurtrier, du jamais vu avant.

Tu lui proposes ton aspirine.

Elle dit non merci distraitement et continue de lire.

Tu commences à manger ses carottes râpées mais elle ne réagit pas plus.

Tu la menaces de ta fourchette et tu lui demandes si le meurtrier est un homme ou une femme.

Elle te répond qu'on ne sait pas encore.

Tu reposes la fourchette.

Dit qu'elle va te rédiger un rapport de toute façon.

Tu bois ton aspirine d'un trait.

Ajoute que c'est vraiment l'auteur dont son agence a besoin.

Tu te lèves et tu cherches une plaquette de chocolat dans le placard.

Ta femme interrompt enfin sa lecture pour t'incendier du regard.

Tu engouffres toute une barre en la défiant des yeux.

Ta femme te regarde consternée et te quitte à nouveau pour l'auteur de best-sellers.

Tu retournes te coucher dans le salon en shootant quelques livres sur ton passage.

Ça n'est pas la première fois que tu touches le sexe de ta femme mais ça faisait longtemps.

Et avec sa main c'est différent.

Tu t'enfonces dans le canapé pour ne pas faire de bruit mais ta femme est à des milliers de kilomètres de toute façon, tu ne sais où, au milieu d'un best-seller, sur les traces d'un meurtrier jamais vu avant.

L'aspirine ne t'a pas soulagé, tu n'arrives pas à dormir, tu cherches autre chose.

Tu tâtonnes, tu explores, tu fouilles.

Tu frôles quelque chose, tu laisses échapper un petit cri, tu mets aussitôt l'autre main de ta femme sur sa bouche.

Tu ne bouges plus.

Tu hésites, tu as peur, tu n'es pas sûr de pouvoir supporter.

Tu reprends.
Tu fermes les yeux.
Tu rêves.

La tour est en flammes.
Il n'y a plus qu'une heure à vivre.
L'assistante de ta femme entre dans le bureau.
Tu frissonnes.
La réceptionniste entre aussi.
Tu frémis.
Ta femme vous rejoint.
Tu t'agites.
Le téléphone sonne.
Tu réponds.
C'est l'auteur de best-sellers.

Tu retires d'un coup la main de ta femme.
Tu rouvres les yeux.
Tu mets tout le monde dehors.
Toi-même tu sors.
Tu te retournes dans le canapé.
Et tu te rendors.

Tu commences à te demander si ça n'est pas normal.

Si la même chose n'arrive pas à tous les couples qui se séparent.

Si tu n'es pas le seul homme ou la seule femme de tout le métro à ne pas être au courant.

Et à porter un short de tennis et un polo.

Tu dévisages successivement toutes les personnes seules du wagon pour tenter de percevoir lesquels de ces hommes sont des femmes, lesquelles de ces femmes sont des hommes.

L'un d'eux se méprend sur l'intensité de ton regard et s'approche de toi.

Un homme, apparemment.

Tu fais mine de bâiller pour mettre la main gauche de ta femme devant sa bouche et lui montrer qu'elle est mariée.

Ça n'a pas l'air de l'impressionner.

Il s'assoit à côté de toi, te sourit, pose sa main gauche à lui sur son genou pour te montrer que lui aussi.

Tu sais que les couples mariés portent aussi des alliances pour pouvoir se tromper entre eux et tu te sens soudain idiot, comme un petit dans la cour des grands.

Tu tires un peu sur ton short de tennis pour essayer de cacher les cuisses de ta femme.

L'homme marié entame la conversation, te dit qu'il prend le métro tous les matins à la même heure que toi mais qu'il n'a jamais osé t'aborder.

Que c'est dommage de ne pas faire connaissance alors que vous vous voyez tous les jours.

Qu'il te trouve mystérieuse.

Et très belle aussi.

Tu le regardes perplexe et pour la première fois depuis que tu habites le corps de ta femme tu as envie de te marrer.

Ça te prend d'un coup.

Dans ton esprit compliqué vient soudain de s'ouvrir une petite fenêtre qui donne sur le comique de ta situation.

Tu sens un gros fou rire naître dans le ventre de ta femme, tu croises ses bras, tu pinces ses lèvres.

L'homme continue de te parler, le fou rire monte, tu le regardes dans les yeux, tu fais de ton mieux pour te retenir mais tu commences à sourire.

L'homme marié prend le sourire de ta femme pour un encouragement, il se penche aussitôt et te chuchote quelque chose à l'oreille.

Tu exploses de rire.
L'homme te regarde surpris.
Regarde autour de lui.
Tu te reprends.
Il attend.
Tu te penches à ton tour vers son oreille et tu lui chuchotes autre chose.
Il se lève d'un coup et va s'asseoir plus loin.

Ton assistante découvre ta tenue de tennis et te fait un sourire qui te rappelle que tu n'es pas ta femme parce que tu as soudain envie de la plaquer sur son bureau et de la pénétrer sauvagement.

Ce que tu ne peux pas, évidemment.

À la place, tu t'assois au bureau de ta femme et tu écoutes ton emploi du temps de la journée en essayant de piger, de retenir les noms, en posant deux trois questions qui continuent de surprendre ton assistante mais qui commencent aussi à l'amuser.

Tu t'en rends compte et comme ça fait longtemps que tu n'as pas amusé une femme, un homme, qui que ce soit, tu te surprends toi aussi à en rajouter.

À dire n'importe quoi.

Juste pour la voir sourire.

Et même rire.

Tu lui demandes s'il n'y aurait pas moyen de mettre

de la nicotine et du goudron directement dans l'air conditionné de la tour.

Si elle est au courant que la réceptionniste est un prototype de robot en cours d'expérimentation à l'accueil.

Si elle sent parfois comme une présence dans l'ascenseur.

Et si elle a déjà pensé à ce qu'elle ferait si elle n'avait plus qu'une heure à vivre.

Elle te répond une sieste.

Sans même hésiter.

Tu la regardes fasciné.

Ton assistante finit par te dire qu'elle a du travail.

Tu as envie de crier non, de te lever, de la retenir.

Mais tu la raccompagnes simplement des yeux, tu attends qu'elle ferme la porte derrière elle et tu descends une main entre les jambes de ta femme.

Ça va à toute vitesse.

Un éclair frappe la tour à son vingtième étage et te foudroie sur ta chaise.

Tu ne peux même pas crier.

Ton cerveau vient de griller.

Tu restes paralysé, les yeux vides, la bouche grande ouverte.

Ton téléphone sonne, tu le regardes en te demandant ce que c'est.

Tu regardes le bureau de ta femme, tu cherches où tu es.

Tu clignes enfin des yeux.

Tu décroches le téléphone et tu entends ton assistante te rappeler ton rendez-vous chez ton psy.

Tu lui réponds d'annuler tous tes rendez-vous, que tu ne veux plus être dérangé, plus jamais.

Elle rigole.

Pas toi.

Tu raccroches, tu fermes les yeux et tu glisses ton autre main dans le short de tennis de ta femme.

Complètement vidé, tu termines ta journée dans le métro en admirant le reflet de ta femme dans la vitre.

Tu ne l'admires pas tant pour son travail que pour sa capacité à le faire malgré le secret qu'elle porte entre ses jambes.

Tu admires toutes les femmes en fait, tu les regardes une à une dans le wagon, tu sais qu'elles partagent le même secret, et tu te rends compte que les hommes ne se rendent pas compte.

Qu'il y a de quoi devenir complètement cinglé.

Qu'elles sont toutes surhumaines d'arriver à garder leur tête.

À former des phrases.

À tenir debout.

À ne pas s'envoler.

Les yeux dans le vide, tu ouvres la bouche de ta femme et tu t'amuses à faire des ah et des oh en écoutant sa voix.

De longs huuu.

De gros euh.

Des petits hi hi.

Un passager qui essaie de lire lève la tête exaspéré.

Tu dis pardon pardon d'une voix chantante et distinguée.

Il secoue la tête et reprend sa lecture.

Tu ajoutes qu'est-ce qu'ils sont allés me fourrer leur train sous la terre, avec une grosse voix de fermière.

Il relève aussitôt la tête.

Tu chantonnes innocemment.

Tu flottes en douceur de votre station jusqu'à votre appartement, tu pousses la porte d'entrée, tu planes dans votre couloir, ta femme te laisse sidérée lui faire la bise en passant, tu entres droit dans le salon, elle te suit en essayant de te ramener sur terre pour te demander des nouvelles de l'auteur de best-sellers mais tu perds connaissance dans le canapé.

Tu beurres des tartines grillées pour ne pas fumer tandis que ta femme découpe une photo de toi au dos d'un de tes livres pour trafiquer sa carte de gym.

Elle colle soigneusement ta photo par-dessus la sienne, tu observes ton visage, jeune, rasé, souriant, puis tu regardes ta femme et tu te dis que ça ne marchera jamais.

Ton chat entre dans la cuisine et te saute sur les genoux.

Ta femme se lève aussitôt, marmonne quelque chose dans ta barbe et part dans votre chambre.

Tu jettes un œil à l'horloge, tu soupires, tu fixes les yeux verts de ton chat avec ceux de ta femme pour essayer d'échanger de corps avec lui.

Il sort aussitôt ses griffes et déguerpit.

Ta femme réapparaît vêtue d'un grand t-shirt qui cache ton bide et de ton vieux pantalon de karaté.

Tu la regardes inquiet.

Elle te demande si tu n'as vraiment rien d'autre pour faire du sport.

Tu lui réponds que le karaté n'est pas un sport.

Elle lève tes yeux au ciel.

C'est un art.

Ta femme te demande si c'est pour ça que tu as laissé tomber.

Et elle part à la gym.

Tu t'accroches à la table pour ne pas pleurer.

L'heure de pointe est déjà passée, tu laisses un jeune homme reluquer ta femme dans le métro et même tu lui souris.

Tu as été un jeune homme toi aussi.

Tu ouvres un peu les jambes pour améliorer son fantasme.

Sa gorge tremble.

Tu laisses glisser une bretelle de la salopette de peinture de ta femme sur son épaule.

Il ne tient pas le coup et détourne les yeux.

Tu ramènes lentement ta bretelle et tu souris encore.

Tu sais que ce soir, et peut-être même cette après-midi, dans la solitude de sa chambre, il va faire à ta femme tout ce que tu ne lui fais plus mais ça ne te dégoûte pas.

Ça ne te coûte pas beaucoup non plus.

Tu lui offres un peu de rêve.

Le jeune homme descend avant toi et une fois les portes du wagon refermées, une fois qu'il est en sécurité, depuis le quai, il ose enfin te regarder.

Le métro s'en va, tu lui souris une dernière fois en t'éloignant.

Il te fait un doigt.

Tu te décomposes.

Tu entres dans l'ascenseur avec l'assistante de ta femme et tu te concentres pour ne penser qu'à l'ascenseur.

Les étages montent, tu regardes ton assistante, tu regardes le bouton arrêt, tu regardes ta femme dans la glace, tu sues, tu essaies de réfléchir, tu as besoin d'aide, tu finis par demander à ton assistante le numéro du psy de ta femme.

Elle s'étonne un peu, tu poses une main sur le front de ta femme pour lui faire signe que tu oublies vraiment tout, elle te note le numéro au dos d'un manuscrit, son stylo tombe, tu te penches pour le ramasser, elle te remercie en attendant que tu remontes.

Mais tu ne remontes pas.

Tu hallucines.
Tu n'as pas plié les jambes.
Et tu touches tes pieds.

Tu entends ton assistante qui te demande de là-haut si ça va.
Tu dis que c'est un miracle.
Elle te demande de quoi tu parles.
Tu regardes ses pieds à elle et tu les touches aussi.
Elle te demande si elle peut t'aider.
Tu lui réponds que tu touches tes pieds.

Ton assistante s'accroupit pour voir le visage de ta femme et te demande pardon.
Tu tournes la tête et tu lui dis de regarder, que tu peux toucher tes pieds.
Elle regarde les mains de ta femme que tu poses en effet sur ses pieds, elle ramasse son stylo, t'observe et te redemande si ça va.
Tu dis oui.
Très bien.
Et tu souris.

L'ascenseur s'arrête, la double porte s'ouvre, trois hommes entrent en parlant fort et baissent aussitôt la voix en découvrant les fesses de ta femme tendues vers le ciel.

Toujours accroupie, ton assistante les fusille du regard et te murmure qu'il y a du monde.
Tu lui chuchotes tout bas que tu sais.
Que tu t'en fous.
Que tu touches tes pieds !

Tu rentres un peu pompette d'un déjeuner avec des éditeurs au cours duquel tu as étonné tout le monde aussi bien par ton appétit que par ta salopette et ton assistante t'apprend que la mère de ton mari a cherché à te joindre.

Tu la regardes étonné, puis tu te souviens d'un coup que tu devais déjeuner chez tes parents et tu entres dans le bureau de ta femme.

Tu essaies d'appeler votre appartement mais personne ne répond.

Tu essaies d'appeler ta femme sur son portable mais un message te répond avec ta voix que suite à un incident et jusqu'à nouvel ordre, elle ne sera joignable qu'à son bureau.

Tu décides de téléphoner à tes parents pour excuser ton soi-disant mari et dire qu'il était malade.

Ta mère te demande ce que tu racontes.

Tu répètes que ton mari a vomi toute la nuit.

Elle te dit sèchement que son fils vient de les quitter et qu'ils ont mangé un délicieux poulet.

Tu laisses tomber la mâchoire de ta femme.

Ta mère précise qu'elle t'a appelé parce qu'elle n'arrivait pas à le joindre chez vous mais qu'il était seulement sorti pour aller à la gym.

Elle ajoute qu'elle est contente qu'il fasse de l'exercice.

Mais qu'il faut bien que quelqu'un le nourrisse.

Qu'il lui a parlé de votre séparation.

Qu'elle pense que c'est la voie de la raison.

Qu'elle sera toujours là pour lui de toute façon.

Et qu'elle a eu l'impression de retrouver son fils dès qu'elle l'a vu sans sa barbe.

Sans sa quoi ?

Tu envoies le téléphone contre le mur.

Tu renverses le bureau de ta femme par terre.

Tu attrapes sa chaise, tu la lèves en l'air, ton assistante ouvre la porte.

Tu t'arrêtes.

Tu la regardes.

Tu reposes la chaise.

Tu commences à trembler.

Tu ne sais pas ce qui t'arrive.

Tu perds le contrôle de ta femme.

Et tu fonds en larmes.

Ton assistante t'observe stupéfaite, s'avance vers toi, te prend maladroitement dans ses bras.

Tu mets la tête de ta femme dans son cou, tu t'accroches à ses épaules et tu sanglotes comme une petite fille.

L'assistante de ta femme fume une cigarette avec toi à la fenêtre de ton bureau et selon son humble avis, votre couple traverse simplement une tempête.

Tu as beau lui dire que votre dernière année ressemblait plus au calme plat qu'à la tempête, elle persiste à t'expliquer que le mariage est un bateau dont il est idiot de sauter une fois qu'on est en mer, et qu'il est encore plus idiot de couler alors qu'on est à bord.

Tu aimes bien les métaphores et tu lui demandes si on ne pourrait pas alors imaginer une petite île où accoster le bateau, juste le temps que ta femme et toi, tu tousses et tu te reprends, que ton mari et toi, vous descendiez du bateau.

Elle te répond que si, en effet, on pourrait imaginer ça, mais elle te demande quelle sera la différence quand vous serez tous les deux sur une île au lieu d'un bateau.

Tu admets qu'elle marque un point et tu n'insistes

pas plus. Tu aimes bien les métaphores mais ça n'est pas ton fort.

Vous fumez tous les deux en silence, puis l'assistante de ta femme te regarde bizarrement comme si elle hésitait à te dire quelque chose.

Tu baisses les yeux pour la laisser se décider, ce qui ne ressemble pas du tout à ta femme et ce qui donne à son assistante le courage de te demander ce qu'elle n'a jamais osé lui demander.

Ton avis sur un manuscrit.

Tu lui demandes un manuscrit de qui.

Elle rougit, regarde en bas de la tour et répond de sa petite amie.

Tu la regardes surpris.

Très surpris.

Tu laisses courir tes pensées sans les considérer.

Tu détestes donner ton avis sur des manuscrits.

Ou sur des livres.

Ou, de plus en plus, sur quoi que ce soit.

Mais tu lui souris le moins professionnellement du monde et tu lui dis que si elle ne prend pas ton avis pour un jugement, tu seras ravi de lire son manuscrit.

Elle te remercie, écrase sa cigarette sur le rebord de la fenêtre, redevient l'assistante de ta femme et retourne à son bureau.

Quelques minutes plus tard, tu sors d'un pas décidé et tu lui demandes si elle connaît un bon salon de coiffure dans le quartier.

La théière vole vers toi à travers votre cuisine, arrive dans l'embrasure de la porte, frôle les courts cheveux teints en brun de ta femme et explose contre le mur du couloir.

Tu as du mal à te reconnaître sans ta barbe.

Ton visage furieux et rasé de près, ta femme regarde ses cheveux et t'envoie aussi le sucrier.

Tu l'évites et lui demandes depuis quand elle mange du poulet.

La sucrette te rejoint.

Ajoutes que c'est pas un psy qu'il lui faut.

Ta femme pose ta tête contre le placard.

C'est une camisole.

Elle retient tes larmes.

Et un asile pour elle toute seule.

S'enfuit dans la chambre.

Tu restes assis dans la cuisine jusqu'à te sentir assez nul pour décider de te lever et de ranger vos livres dans votre bibliothèque.

Au bout d'un moment la porte de la chambre s'ouvre, tu lèves la tête, ta femme a mis un de tes pyjamas, elle te regarde agenouillé dans le couloir, vous ne dites rien.

C'est la dernière heure du jour, une lumière orangée traverse l'appartement, ta femme se met à quatre pattes pour t'aider à ramasser vos livres.

Tu bois ton café seul dans la cuisine en écoutant la radio et en regardant de l'autre côté du couloir ton corps qui fait des pompes sur le tapis du salon.

Ta femme s'est fait repérer à la gym, on lui a confisqué sa carte.

Mais elle a décidé de te remettre au karaté.

Elle pousse difficilement sur tes bras, ton chat sort en trombe de sous le canapé et lui passe dessous pour te rejoindre dans la cuisine.

Ta femme retombe à plat sur le tapis.

Ton chat saute sur ses genoux, tu lui donnes une tartine beurrée.

Ta femme vous regarde affamée et n'arrive plus à remonter.

L'espace d'une seconde tu as l'impression qu'elle va sourire.

Mais non.

Ta bouche tremble bien un peu mais tes lèvres ne suivent pas.

Ta femme se décourage un instant, pas longtemps, car malgré les apparences elle n'est pas toi.

Elle se retourne, se met sur ton dos et commence à faire des abdominaux.

Tu la regardes épaté et tu montes un peu le son de la radio pour qu'elle puisse l'entendre depuis le salon.

Un bonnet de sport d'hiver sur la tête pour protéger le crâne de ta femme de l'air conditionné, tu entres dans le hall de la tour et tu marches droit vers l'ascenseur sous le regard glacial de la réceptionniste.

L'ascenseur se vide peu à peu, de toute façon tu ne vois personne, tu n'arrives pas à détacher les yeux de ton bonnet dans le miroir.

C'est celui que ta femme mettait pour dormir pendant votre lune de miel.

Tu te retrouves seul dans l'ascenseur, tu t'approches de ton reflet, tu te colles à ta femme, sa bouche contre sa bouche, ses seins contre ses seins, son sexe contre son sexe.

Et tu fermes les yeux jusqu'au vingtième étage.

Ton assistante essaie de ne pas se marrer à la vue de ton bonnet et t'accueille en t'annonçant que l'auteur de best-sellers t'attend déjà dans ton bureau.

Tu ressors aussitôt et tu marches d'un pas rapide vers l'ascenseur.

Une porte claque, tu te retournes, tu aperçois l'auteur de best-sellers qui te suit à grands pas.

Tu cours presque et tu appuies sur le bouton d'appel de l'ascenseur.

L'auteur s'approche, l'ascenseur s'ouvre, tu entres, tu pousses tous les boutons, la double porte se ferme, tu respires fort, tu descends, l'ascenseur s'arrête à l'étage suivant, la double porte s'ouvre, l'auteur respire plus fort que toi, tu te figes, il entre, la double porte se referme.

L'ascenseur reprend sa descente mais l'auteur de best-sellers tend son bras sans te quitter des yeux et appuie sur le bouton arrêt.

Tu recules, tu retires ton bonnet, tu plaques le dos de ta femme au miroir.

L'auteur s'approche de toi.

Met ses mains autour de ton cou.

Et t'embrasse sur les joues.

Tu le regardes surpris.

Il te dit merci.

Tu dis pardon?

Il dit qu'il a compris.

Qu'il n'a pas dormi de la nuit.

Mais qu'il a compris.

Tu lui demandes quoi.

« Ça n'est pas une question de détails, c'est tout l'univers qui ne fonctionne pas. »

Tu le regardes étonné.

Il répète : l'univers!

Tu ne sais pas quoi dire.

Il continue : La Chine!

Tu poursuis : La Chine?

Il dit oui.

Oui?

Le livre ne doit pas se passer en Chine!

Tu dis ah?

Mais en Russie.

Tu dis oh.

Il redit oui.

Toi aussi.

Il ajoute que tu es géniale.

Tu le remercies.

Lui demandes quand même s'il est bien sûr de ce qu'il dit.

Si quand même la Chine ne va pas.

Lui avoues que tu penses avoir été un peu dure.

Il dit non non non, que tu as eu raison, qu'il dormait sur ses lauriers depuis trop longtemps.

Il rappuie sur le bouton et te confie que ça faisait des années qu'il ne s'était pas tant remis en question.

Tu réponds qu'en effet de la Chine à la Russie, il a fait du chemin.

Il te regarde dans les yeux.

Te sourit.

Te dit que le brun te va bien.

Et c'est comme une vague.

Tu es seul dans un ascenseur avec un auteur de best-sellers et tu sens comme une vague dans le ventre de ta femme.

Il te parle de sa prochaine version avec enthousiasme, de tout ce que la Russie va lui permettre d'améliorer.

Tu rougis, tu regardes le nombre d'étages qui diminue, tu sens la vague qui grandit.

L'auteur de best-sellers continue de te parler mais tu ne comprends plus ce qu'il te dit.

Tu oublies la Russie, la Chine, tu le laisses s'emballer, tu accroches tes yeux aux siens, tu te plaques plus fort au miroir, et tu épouses la vague.

Elle va et vient dans ton ventre tandis que l'ascenseur descend et que l'auteur de best-sellers te parle en chinois, ou en russe à présent.

Le sol approche, tu sens la vague qui se creuse, et le creux qui appelle, supplie qu'on le remplisse.

Tu fermes les yeux, l'ascenseur atterrit enfin, la double porte s'ouvre, l'auteur de best-sellers te remercie encore et pose un baiser sur le front de ta femme avant de te dire qu'il te veut pour agent et qu'il attend votre contrat dès que possible.

Tu restes dans l'ascenseur, tu le regardes s'en aller, les portes se referment et tu te liquéfies.

Tu te liquéfies et tu penses à ta femme.

À tout ce qu'elle ne t'a jamais dit.

Et tu l'en remercies.

Tu reçois un message de ta femme qui te demande depuis la laverie si elle peut mettre ton pull noir dans le sèche-linge.

Tu lui demandes de quel pull elle parle.

Elle répond le tien.

Tu lui écris que non, il rétrécirait.

Puis tu réfléchis et tu ajoutes que si, comme ça tu pourras le mettre.

Elle te répond que non, elle l'aime bien.

Et sa culotte rouge ?

Quoi sa culotte rouge ?

Elle peut la mettre au sèche-linge ?

Non, en règle générale aucun sous-vêtement.

Ah… Et ça va au bureau sinon ?

Elle veut venir voir ?

Non, non, juste pour savoir.

Bon, salut.

Salut.

Tu hésites un peu, tu poses les coudes de ta femme sur son bureau et son visage entre ses mains.

Tu aplatis ses joues, tu masses son menton, tu lui mets une petite baffe sans y penser.

Tu lui mets une plus grosse baffe en y pensant, tu te fais mal, tu cries aïe.

Puis tu lui envoies un nouveau message pour lui annoncer qu'elle est désormais l'agent de l'auteur de best-sellers.

Ta femme répond que c'est formidable.

Qu'elle est ravie.

Et qu'elle ne sait pas comment te remercier.

Tu lui proposes de t'inviter à dîner.

Elle écrit avec plaisir.

Tu réponds à ce soir.

C'est votre première apparition en public depuis votre séparation, le restaurant est ultra chic, c'est là que ta femme invite les auteurs de best-sellers à déjeuner, tu le sais, tu y as déjeuné avec l'un d'eux quelques jours plus tôt.

Mais ce soir, c'est toi qu'elle invite.

Ta femme porte un costume neuf et élégant qu'elle t'a acheté pour l'occasion, vous buvez un vin délicieux, tu la regardes déguster du tofu à un prix exorbitant tout en essayant de faire entrer dans son corps la côte de bœuf de milliardaire que tu as commandée.

Elle t'explique qu'avec l'auteur de best-sellers son agence va enfin être prise au sérieux, te parle d'un effet boule de neige et ton visage a l'air si heureux que ça te rend presque triste.

Tu baisses les yeux dans sa chemisette largement entrouverte, ta femme continue de te parler mais tu restes complètement absorbé par ses seins.

Elle frappe de ton poing sur la table, vos voisins se

retournent, ta femme baisse ta voix et te redemande si tu te sens capable de travailler avec l'auteur de best-sellers sur son manuscrit, ajoute que c'est un travail un peu délicat mais qu'il ne s'agit vraiment que de détails.

Tu tousses et tu ressers les verres de vin.

Tu ne dis pas non.

Tu ne dis rien mais tu ne dis pas non.

Ta femme et toi buvez en réfléchissant, elle attend ta réaction, scrute son visage devenu le tien à la recherche d'une approbation.

C'est un dîner professionnel. Un arrangement. Une association.

Tu fais signe au garçon et tu annonces à ta femme qu'il faut fêter ça avant de commander deux gin tonics.

Elle te regarde avec ton air étonné, tu lui souris avec son air innocent.

Le garçon note la commande et demande si vous prendrez des desserts.

Ta femme hésite un peu, tu lui proposes d'en partager un.

Elle accepte ta proposition.

Vous rentrez bourrés.

Vous avez passé le reste de la soirée à discuter travail en buvant du gin, tes doutes, ses hésitations, vous vous regardez bizarrement en montant vos escaliers, vos doutes, vos hésitations, vous entrez chez vous, tu es elle, elle est toi, vous êtes gênés, vous n'osez pas, vous vous couchez bourrés chacun du côté de l'autre, c'est-à-dire du vôtre.

Vous vous endormez sans fermer les portes, ton chat court du salon à la chambre et de la chambre au salon sans arriver à se décider.

Tu ouvres des yeux verts et vitreux.

Le crâne et l'estomac de ta femme te demandent des comptes tandis que tu aperçois debout dans la cuisine ton corps déjà prêt pour aller au karaté.

Tu hésites à te lever pour aller vomir, puis tu attends que ta femme ait doucement refermé la porte de votre appartement pour te traîner jusqu'à votre lit et te rendormir.

Tu te réveilles quand elle revient, tu l'entends faire couler un bain, tu ne bouges pas du lit, elle entre dans la chambre, tu fais semblant de dormir, ta femme ne fait pas de bruit et va prendre son bain.

Tu l'attends en rêvant, elle revient sans tarder, ton corps est propre et frais, le sien chaud et moelleux.

Vos regards se croisent.

Tu sens son cœur qui change de rythme.

Ta femme t'annonce qu'elle va aller à son bureau pendant qu'il n'y a personne.

Tu te retournes dans le lit face au mur.

Elle enfile ton nouveau costume, inspecte ton reflet, tire un peu sur ses manches et te dit à ce soir.

C'est-à-dire samedi soir.

Tu as soudain une idée et tu sors sa tête de l'oreiller pour lui proposer d'aller au cinéma.

Ta femme ne va jamais au cinéma.

Mais dans ton corps elle hésite.

Caresse tes joues toutes lisses.

Te dit d'accord si tu choisis le film.

Et s'en va.

Tu paresses dans le lit, tu te traînes sous la douche, tu attrapes le pommeau, tu le colles entre les jambes de ta femme, tu fermes ses yeux et tu vides le ballon d'eau chaude.

Debout face à la glace de votre armoire, tu essaies une à une les robes de ta femme et tu finis par enfiler une minijupe en cuir et des bottes en léopard.

Tu te regardes ébloui et tu te demandes pourquoi elle ne s'habille jamais comme ça.

Tu passes ses mains le long de ses hanches, tu te tournes, tu te cambres, tu te trouves tellement sexy que tu regrettes de ne pas être toi juste pour pouvoir entrer soudainement dans la chambre.

Tu t'emballes, tu grimpes sur le lit, tu te mets à quatre pattes, tu t'oublies, tu fais la tigresse, la panthère, tu tends une main en avant, tu griffes l'air, tu rugis.

On miaule.

Tu regardes ta femme dans la glace puis tu tournes la tête.

Ton chat te fixe depuis l'embrasure de la porte en se léchant les babines.

Tu reposes lentement la main de ta femme sur le lit.

Ton chat se met sur le dos et commence à se frotter par terre.

Tu lui lances un oreiller, il déguerpit, tu descends du lit et tu continues de fouiller dans les habits de ta femme.

Arrivé en avance, tu achètes vos billets et tu te mets dans la file du cinéma en attendant ta femme.

C'est la première fois que tu portes une robe, tu n'es pas très à l'aise mais deux adolescents qui te lancent des coups d'œil maladroits te redonnent rapidement confiance.

Tu leur adresses un sourire pour les remercier.

L'un d'eux prend son courage à deux mains et s'avance vers toi.

Ta femme arrive et s'interpose.

Elle regarde de haut l'adolescent qui fait marche arrière, elle bombe un peu ton torse, te demande si tout va bien.

Tu réponds que oui.

Elle est en retard, elle s'excuse.

Tu dis que ça n'est rien et tu la complimentes à nouveau sur ton costume qu'elle porte de mieux en mieux.

Elle te dit que sa robe ne te va pas mal non plus.

Vous voilà côte à côte dans la file qui se met à avancer lentement.

Les lumières, les affiches, les gens.

Ta femme sourit et passe ton bras sous son bras.

Tu regardes droit devant toi.

La file avance.

Tu inverses vos bras.

Passes le sien sous le tien.

Ta femme tourne ta tête vers toi.

Tu lèves la sienne vers les affiches.

Elle serre un peu son bras.

Et t'emmène au cinéma.

Vous montez vos escaliers bras dessus bras dessous en titubant et en riant, c'était le plus mauvais film de l'année et vous l'avez bien arrosé.

Ta femme entre dans l'appartement, ne dépasse pas le salon et écroule ton corps sur le canapé.

Tu lui proposes un dernier verre.

Elle rit et dit pourquoi pas.

Tu la rejoins dans le salon avec deux verres que tu poses sur le tapis et tu t'assois au bord du canapé.

Ta femme te regarde avec ton beau sourire.

Tu t'approches un peu d'elle.

Elle se recule un peu.

Tu t'approches encore.

Elle essaie de rire.

Pas toi.

Tu tends une main vers ta joue.

Ton beau sourire s'efface d'un coup.

Tu poses sa main sur ta joue.

Tout ton corps se crispe.
Tu caresses ta joue.
Ta femme recule encore et se colle contre le mur.
Tu te penches vers elle.
La regardes dans tes yeux.
Approches ses lèvres des tiennes.

Ta femme panique.
Ta main t'envoie une grande gifle.
Tu tombes du canapé et tu renverses les verres.

Tu te relèves, tu évites ta femme des yeux, tu sors du salon, tu traverses rapidement le couloir et tu claques la porte de votre chambre derrière toi.

Ton chat sort de sous le canapé, se faufile dans le couloir, gratte et miaule à la porte de votre chambre.

Celle du salon se ferme en grinçant, ton chat revient sur ses pas, gratte et miaule encore.

La porte du salon s'ouvre, il entre, elle se referme.

Tes ronflements te réveillent au milieu de la nuit, ta femme est encore pire que toi depuis qu'elle t'a arrêté de fumer.

Tu tapes contre le mur comme elle avait l'habitude de le faire avec toi mais son sommeil a toujours été plus profond que le tien.

Allongé dans son corps et seul dans votre lit au milieu de la nuit, tu penses à ta femme.
Tu te rappelles comme tu pouvais l'embrasser et la caresser sans jamais la réveiller.
Tu as froid à ses pieds, tu as froid à sa tête.
Tu sors du lit.

Tu marches doucement dans le couloir en grattant ses fesses à travers sa petite culotte.

Tu vas dans la salle de bains, tu te tiens face aux toilettes, tu retires ta petite culotte, tu soulèves la lunette, tu avances un pied de chaque côté du siège, tu poses les mains de ta femme sur ses hanches, tu pousses son bassin en avant et tu pisses debout.

Le dimanche matin arrive et le téléphone sonne dans le couloir de votre appartement.

C'est sa mère ou ta mère.

Tu ne bouges pas de la chambre, ta femme ne sort pas du salon.

Le téléphone continue de sonner dans le couloir vide.

S'arrête.

Puis reprend.

C'est sa mère et ta mère.

Tu caches la tête de ta femme sous un oreiller en attendant qu'elle se lève pour répondre mais tu cèdes pour une fois avant elle et tu sors du lit.

Ta mère te demande si elle peut parler à son fils.

Debout les seins à l'air et en petite culotte dans le couloir de votre appartement, tu hésites à lui raccrocher au nez.

Au lieu de ça tu prends la voix de ta femme et tu lui réponds que son fils a un prénom.
Ta mère te dit qu'elle le sait, c'est elle qui le lui a donné.
Tu soupires et tu lui réponds qu'il n'y a pas de quoi en faire un plat, elle n'allait pas le lui vendre.
Ta mère fait la sourde oreille et te redemande si tu es là.
Tu tends un bras pour entrouvrir la porte du salon et tu te penches pour jeter un œil à ta femme.
Couchée dans le canapé, elle te fait signe que c'est hors de question.

Tu dis à ta mère que tu es là mais que tu ne peux pas lui parler.
Elle te demande pourquoi.
Ta femme sort du canapé et passe tête baissée dans le couloir pour aller aux toilettes.
Tu réponds que tu n'es pas dans ton assiette.
Ta mère ne te croit pas.
Elle te demande si son fils est aussi malade que lorsqu'il est venu déjeuner chez eux.
Tu t'énerves.
Elle te dit de te calmer ma petite fille.
Tu lui dis que tu n'es pas sa petite fille.
Mais dans ton énervement tu rajoutes maman.
Ta mère te dit qu'elle n'est pas ta maman.
Tu te laisses rêver un instant.

Elle redemande à parler à son fils.

Tu en as assez, tu sors la poitrine de ta femme, tu poses son poing sur sa hanche, et tu lui demandes si elle n'aimerait pas mieux parler à ton mari.

Ta mère fait le petit bruit de bouche qui précède habituellement son venin et te répond qu'à son avis, plus pour longtemps.

Tu lui raccroches au nez.

Frappes le poing de ta femme contre le mur du couloir.

Le frappes encore.

Le refrappes.

Ta femme sort de la salle de bains et retient enfin son poing avec ta main.

Tu essaies aussitôt de la frapper avec son autre poing.

Elle le retient avec ton autre main.

Tu la regardes hors d'elle et tu mets un grand coup de genou entre tes jambes.

Ta femme suffoque et s'affaisse lentement, tes yeux écarquillés, stupéfiée par la douleur.

Tu laisses ton corps se plier au sol et tu retournes dans la chambre.

Ta femme murmure que ça fait mal.

Allongée dans un bain chaud et moussant, les deux mains entre tes jambes, ta femme te regarde laver ses dents au-dessus du lavabo et te demande si tu comptes vraiment sortir comme ça.

Tu craches dans le lavabo et lui réponds pourquoi pas.

Tu te dis qu'elle a l'air jalouse.

Elle te dit que tu as l'air d'une pute.

Tu remplis un verre d'eau en lui faisant remarquer que ce n'est pas toi qui t'es acheté cette minijupe et ces bottes.

Ta femme te rappelle que c'était pour une soirée déguisée.

Tu lui réponds que la vie est une soirée déguisée.

Elle soupire.

Tu la comprends.

Elle met ta tête sous l'eau.

Tu rinces sa bouche.

Ta femme remonte d'un coup et te demande si elle peut venir avec toi.

Tu regardes un moment ton visage et tu lui réponds non.

Puis tu sors de la salle de bains dans son corps habillé en pute et tu claques la porte de l'appartement.

Les hommes se retournent sur ton passage.

Tu te marres.

Tu sais ce que tu provoques.

Ce que tu alimentes.

Tu roules les fesses de ta femme dans sa minijupe en faisant attention à ne pas t'étaler dans ses bottes à talons.

Ça n'est pas facile mais tu es plutôt doué.

Tu portes un petit gilet à capuche, tes cheveux courts et bruns te donnent un côté garçonne, les femmes se retournent aussi, et même les enfants.

Tu marches toute la matinée, tu allumes de tous les côtés, au café, au parc, partout où tu vas, tu fumes des cigarettes, les hommes te dévorent des yeux, tu te laisses dévorer, tu offres le corps de ta femme en pâture à tous les regards que tu croises jusqu'au moment où tu te rends compte que la seule personne que tu as envie de croiser c'est ta femme.

Tu cherches aussitôt son reflet, dans les vitres, les glaces, les vitrines, partout où tu l'aperçois, mais ça ne marche pas, tu ne parviens pas à oublier que c'est toi dans son corps et sous ses habits de pute.

Elle te manque affreusement, d'un coup, là, dans la rue, tu as soudain peur de ne jamais la revoir, tu t'arrêtes de marcher et tu descends dans le métro.

Deux passagers te matent ouvertement mais ça ne t'amuse plus du tout. Ils descendent du wagon avant toi et tu as juste le temps d'entendre le mot « salope » suivi d'un rire et des portes qui se referment sur eux.

Tu n'as pas envie de rire.

On vient de traiter ta femme de salope.

Tu fermes son petit gilet jusqu'au cou et tu caches sa tête dans sa capuche.

Tu ne veux plus qu'on l'observe, qu'on la détaille, qu'on l'épluche.

Tu voudrais redevenir toi, ne serait-ce qu'un instant, pour pouvoir la prendre dans tes bras.

Tu descends à votre station, tu marches sur le quai, tu ralentis, tu t'arrêtes.

Tu te prends dans ses bras au milieu du quai.

Et tu te serres aussi fort que tu peux.

Les gens te bousculent mais tu t'en fous, tu ne les vois même pas, caché dans ta capuche.

Ta femme n'est pas chez vous, tu regardes dans toutes les pièces, l'appartement est impeccable, elle a tout astiqué, son corps d'homme lui a même permis de déplacer la cuisinière pour nettoyer en dessous.

Tu essaies de raisonner, de ne pas perdre la raison, en même temps que tu sens le sol du couloir qui disparaît sous ses pieds et la peur qui t'envahit.

La peur qu'elle t'ait quitté après avoir tout nettoyé, la peur qu'elle soit partie en ne te laissant que son corps, la peur qu'elle soit morte même, tu trembles, tu as beau te répéter qu'elle a très bien pu sortir faire un tour, ta peur devient de plus en plus physique, tu as chaud, tu as froid, tu ne sais pas ce que tu as, tu te déshabilles dans le couloir, tu retires tes bottes, ta jupe, ton gilet et une fois en petite culotte tu décroches le téléphone pour appeler ta belle-mère.

La mère de ta femme dit allô, tu lui demandes aussitôt si ton mari n'est pas chez elle.

Elle laisse un silence et te demande si tu te sens bien.

Tu réponds oui, non, peut-être, que tu n'as pas le temps de lui expliquer.

Elle te répond qu'hélas non. Qu'elle et papa seraient bien contents de le voir un peu. De vous voir un peu tous les deux en fait.

Comme ta belle-mère insiste pour savoir si tu te sens vraiment bien, tu te laisses aller à la douceur de sa voix, tu souffles, tu dis que non, que tu es au bout du rouleau, que tu as peur, que tu ne sais plus qui tu es.

Elle te dit que tu es sa petite fille chérie.

Tu serres les dents.

De ne jamais douter de ça.

Tu as mal à la tête.

Que tout va s'arranger.

Tu sens tes larmes qui montent aux yeux de ta femme mais tu les retiens, tu remercies sa mère, tu lui dis que oui, d'accord, tout va s'arranger, tu raccroches le téléphone, la porte d'entrée s'ouvre d'un grand coup et tu vois ta femme qui remonte de la cave avec votre télévision dans tes bras.

Tu croises ses mains devant ses seins.

Elle s'arrête dans l'encadrement de la porte et t'annonce en reprenant ton souffle qu'elle n'a pas trouvé la télécommande.

Tu la regardes transporter votre télévision dans le salon en cognant ton corps aux murs du couloir et en s'énervant.

Tu souris, tu laisses tes larmes dévaler ses joues et tu cours t'habiller.

Le son de la télévision sort par la porte ouverte du salon, tu passes et repasses dans le couloir vêtu d'un vieux jean et d'un gros pull avant de surmonter ton orgueil pour rejoindre ta femme sur le canapé.

Vous vous retrouvez tous les deux devant la télé, ça fait des années que ça ne vous est pas arrivé.

Ta femme est trop occupée, et toi pas assez, pour regarder la télé.

Mais aujourd'hui ça suffit, vous ouvrez tous les deux la bouche et vous gobez.

Assis chacun à une extrémité du canapé, vous vous levez l'un ou l'autre pour changer de chaînes, vous voyagez l'un et l'autre à travers les émissions, les documentaires, les feuilletons, et vous n'êtes bientôt plus ni l'un ni l'autre.

Vous êtes des chenilles et des papillons, vous êtes des cow-boys, des héros de l'aviation, vous êtes des extra-terrestres, vous êtes des morts, vous êtes des lions, vous n'êtes plus rien, ce sont les autres qui sont, vous ne vous posez plus de questions, vous gobez et c'est bon.

À un moment, tu te lèves pour aller chercher des chips et de la bière puis tu reviens t'asseoir avec des chips et de la bière.

Un miaulement sort de sous le canapé, tu bouges un peu les pieds de ta femme.

Elle décroche tes yeux du poste pour t'observer en train de polluer son corps, attrape une de tes chips et la mâche attentivement, comme si elle faisait une expérience, avant de la recracher dans ta main. Tu lui proposes de ta bière mais elle te répond sans façon et se lève à son tour pour aller dans la cuisine.

Le film va commencer, tu augmentes le son de la télévision, ta femme se dépêche de revenir avec de l'eau et du raisin.

Au cours de la présentation, tu laisses un énorme rot s'échapper de son corps. Ta femme tourne ta tête vers toi et regarde son visage sans y croire.

Elle pose la main sur ta poitrine, se concentre, se force, fait un tout petit rot.

Tu souris et tu te prépares aussitôt à une nouvelle démonstration mais ta femme te fait signe que le film commence.

Des acteurs se mettent à vivre sur l'écran, vous tournez vos yeux vers eux, vos mains se posent sans se toucher, l'une près de l'autre, au milieu du canapé.

Les jours passent.

Vous dormez de plus en plus.

De mieux en mieux aussi.

Vous avez besoin de sommeil.

D'inconscience et de sommeil.

Vivre en l'autre vous épuise, comme de vivre dans un pays étranger, au bout d'un moment vous décrochez, vous ne faites plus l'effort, vous avez envie d'être chez vous, de parler votre langue, de comprendre ce qui se passe.

Il vous arrive de vous dire bonne nuit à huit heures et demie avant de vous écrouler comme des enfants, elle dans le salon, toi dans la chambre à présent, ton corps sur le canapé, le sien sur le lit, et de vous endormir l'un dans l'autre, un mur entre vous.

Il est encore tôt et ta femme te maquille dans la salle de bains, c'est un des moments que tu préfères, vous êtes obligés de mettre de côté les chamailleries, toi pour ne pas bouger, elle pour se concentrer, et pendant quelques minutes vous êtes calmes, absorbés par le maquillage, ne pensant plus à autre chose qu'à ce qui se passe, simplement là tous les deux, toi assis sur le couvercle des toilettes, elle debout dans ton corps, penchée au-dessus de toi, s'appliquant à embellir son propre visage.

Ta femme t'a déjà fait remarquer que tu pourrais apprendre à te maquiller tout seul, que ça n'est pas sorcier, que tu l'as vue faire assez de fois, mais elle ne sait pas que c'est toujours elle que tu regardes, la façon qu'elle a d'embellir sans le savoir ton visage à toi, d'en chasser la mollesse, le découragement, la noirceur.

Tu te plais.

Ta femme en toi te plaît.

D'autant qu'elle continue de se raser quotidiennement, que tes joues sont lisses et sentent bon, tes poils de nez sont coupés, ta peau qui ne fume plus a retrouvé de l'éclat, ton odeur même s'est réveillée.

Ta femme te tient par le menton et te demande d'arrêter de bouger sa tête, tu la regardes tandis qu'elle termine d'assombrir le contour de ses yeux. Elle te fait signe de rentrer ses lèvres et de les sortir pour répartir le rouge à lèvres et tu deviens triste car c'est le signe que c'est fini, ou plutôt que c'est reparti.

Le maquillage s'arrête et chacun reprend son rôle à la place de l'autre.

Ta femme retourne dans la cuisine pour faire la vaisselle, tu l'envies, la vaisselle te manque, la cuisine te manque, l'appartement te manque.

Être seul au-dessus de l'évier et laver une assiette.

Respirer.

Frotter l'assiette.

Inspirer.

Être l'assiette frottée.

Expirer.

Être le frottement sur l'assiette.

Mais non.

Partir travailler.

Assis au bureau de ta femme, tu tournicotes ses cheveux courts entièrement transporté par la lecture du manuscrit d'un, à ton humble avis, futur auteur de best-sellers.

Tu ne réponds pas au téléphone, ton café est froid et à peine touché, tu oublies même de fumer. La petite amie de l'assistante de ta femme t'a pris par la main et t'a emmené doucement, tu t'es laissé faire, tu ne t'es pas défendu pour une fois, la main s'est serrée sur la tienne, tu l'as serrée encore plus fort, et tu cours à présent sans la lâcher au rythme des mots, des phrases et des pages que tu tournes le cœur battant.

Il semble que rien ne puisse te distraire, même pas quelque chose qui coule entre tes jambes et auquel, pris par ta lecture, tu ne prêtes pas attention, avant de baisser les yeux et de découvrir du sang.

Tu pousses un cri.

Tu n'es pas idiot, tu sais très exactement de quoi il s'agit et pourtant tu pousses un cri.

Ton assistante entre d'un coup, tu enfonces les jambes de ta femme sous son bureau et tu lui dis que non, tout va bien, que c'est le tueur du thriller qui t'a terrifié au point de te faire crier.

Elle te sourit, elle l'a lu avant toi, elle referme la porte en te souhaitant bonne lecture et te prévient que tu vas voir, elle pense que la fin va te laisser pantoise.

Au milieu de tous ces événements, le manuscrit, le sang, le tueur, l'assistante, ton cri, tu te rends compte que tu laisses tout de côté dans ta tête pour écouter ce mot, « pantoise », pour ressentir le bien qu'il te fait, la joie simple et sûre qu'il te procure, et le fait que oui, sans doute, tu es un écrivain qui n'écrit pas.

Mais le sang coule toujours, tu te lèves, tu te nettoies gauchement avec la serviette en papier de ton café, tu ne sais pas quoi faire, tu te rassois, une très forte émotion t'envahit, tu prends la tête de ta femme entre ses mains et tu fonds une nouvelle fois en larmes.

Tes larmes coulent au-dessus du thriller tandis que ton sang continue de s'échapper.

C'est trop pour toi.

Tu mets de côté ta fierté d'homme et tu appelles la seule personne que tu peux appeler : ta femme.

Tu caches tes larmes au téléphone mais ta femme doit entendre ton émotion car elle te répond gentiment, très gentiment, t'explique que ça va aller, de ne pas paniquer, qu'il y a tout ce qu'il faut dans le bureau, t'indique la boîte de tampons dans le troisième tiroir, t'explique comment t'en servir, ne s'impatiente pas, te parle avec toute la douceur dont ta voix est capable et avec une solidité que tu ne lui connais pas.

Tu n'es pas très doué mais tu finis par t'en sortir.

Ta femme te conseille les vêtements de rechange qu'elle garde toujours dans un grand sac en papier derrière le meuble de l'imprimante. Elle te répète surtout que tu vas y arriver, de ne pas t'inquiéter, que tout va bien. Tu écoutes ses mots que te dit et te redit ta voix « tu vas y arriver, ne t'inquiète pas, tout va bien » et qui te remplissent d'une émotion presque supérieure à celle de tes premières règles.

Tu raccroches, tu fais tout ce que t'a dit ta femme en laissant ses mots résonner en toi, tu te rassois et tu te laisses pleurer tout bas, comme un petit garçon dans le corps d'une grande femme.

Puis tu sèches tes larmes et, fort d'un tampon, d'une culotte propre et d'un beau pantalon, tu tends de nouveau la main au futur auteur de best-sellers.

Peu lui importe à elle qui tu es, femme ou homme, garçon ou fille, petit ou grande, elle attrape ta main et t'emporte avec elle.

Ta femme te rend le manuscrit de la petite amie de son assistante tandis que tu regardes la télé avec ton chat et te dit que ça doit faire longtemps que tu n'as pas lu un livre parce que franchement c'est pas terrible.

Tu regardes ton visage tandis qu'elle jette un œil à la télé et tu lui demandes pour qui elle se prend exactement.

Elle te dit pour elle, encore heureux, et te demande si tu as l'intention de lui apprendre son métier.

Tu regardes à nouveau la télé et lui réponds que non, pour passer des coups de fil et aller au restaurant elle devrait pouvoir se passer de ton aide.

Ta femme s'approche de la télé et change de chaîne, ton chat saute du canapé vers elle et commence à s'enrouler à tes pieds.

Tu t'énerves et ajoutes que si le manuscrit de la petite amie de son assistante venait de l'autre enfoiré tu es sûr qu'elle dirait que c'est du jamais vu avant.

Ta femme éteint carrément la télé, te dit que l'autre enfoiré comme tu dis a des centaines de milliers de lecteurs qui sont d'accord avec elle, et te demande si tu comptes aussi lui apprendre à lire.

Tu réponds que ça vaudrait mieux que de lui apprendre à écrire.

Elle dit qu'avec un professeur comme toi il n'y a pas de doutes.

Qu'à l'heure qu'il est tu dois être un des spécialistes mondiaux de comment ne pas écrire un livre.

Tu lui dis que tu l'emmerdes.

Elle te répond qu'elle aussi, gros con.

Tu lui dis d'aller se faire foutre.

Elle répond pas de problème tant que c'est pas avec toi.

Tu lui dis que tu la comprends, avec son gros cul.

Elle dégage ton chat du pied et court s'enfermer dans la salle de bains.

Tu te lèves, tu rallumes la télé et tu te renfonces dans le canapé.

Le psy de ta femme te regarde en silence depuis cinq minutes et tu commences à trouver ça presque agréable.

Assis dans un gros fauteuil bleu, tu viens de tout lui raconter et tu attends sa réaction.

Ton regard quitte le sien, se pose sur le bras de son fauteuil jumeau, flotte vers la fenêtre, attrape un rayon de lumière, se promène dans la pièce aux murs vides et bleus, et revient à lui qui continue de te regarder dans les yeux, aussi fiable que le fauteuil, la fenêtre ou les murs.

Il te demande soudain comment ça va à part ça.

Tu le regardes bouche bée.

Tu ne réfléchis pas.

Tu réponds que ça va.

Le psy te fait un grand sourire.

Et dit que bon.

C'est le principal.

Tu te rends compte qu'à part ton chat personne n'a de doute sur le fait que tu es ta femme ou que ta femme est toi.

Tu te sens parfois si maladroit que tu te demandes comment les autres peuvent avaler ça mais la plupart des gens semblent considérer qu'une enveloppe corporelle est sûre à cent pour cent.

Toi-même tu ne t'étais jamais demandé qui pouvait bien se cacher chaque matin derrière les seins de la boulangère, ou à qui tu avais réellement affaire quand tu saluais ton voisin.

Aujourd'hui tu ne peux pas t'en empêcher.

Tu voyages incognito dans le corps de ta femme et tu profites du métro pour espionner tout le monde. Tu regardes comment les gens se tiennent, comment ils respirent, leurs visages surtout, toutes ces têtes qu'ils font quand ils ne se savent pas sur le point d'être découverts, tu les respires toi-même, tu fermes les yeux, tu essaies de les voir en toi, et tu te dis qu'eux ou pas eux, aucun n'est ce dont il a l'air. Ils se cachent tous. Dans leur corps ou dans celui d'un autre, peu importe. Tous planqués. Et d'un coup ils te deviennent tous plus ou moins sympathiques. Si les gens ne sont pas qui ils sont, tu ne vois plus très bien pourquoi s'énerver. Ils commencent même à t'intéresser.

Tu multiplies les rendez-vous, les déjeuners, tu écoutes les malheurs d'autres auteurs et ça te change un peu des tiens. Tu t'étonnes même de trouver des choses à leur dire, des conseils à leur donner, toute la tranquillité que tu as longtemps cherchée et que tu n'as pas su trouver, tu la leur fais goûter. Tu redécouvres surtout le plaisir des livres, la joie pure des histoires, des aventures. Tu dévores les best-sellers, les romans, les manuscrits, certains t'écœurent, d'autres te laissent sur ta faim, mais tu retrouves ton appétit.

Tu voyages dans les livres, dans le délice presque enfantin de la lecture, tu as peur, tu ris, tu pleures, tu cesses peu à peu de comparer tes livres à ceux que tu lis, puis tu cesses même de comparer les livres entre eux et tu commences à les prendre chacun pour ce qu'ils sont, avec leurs forces et leurs faiblesses, avec plus ou moins d'affection, de tendresse.

Les livres te conduisent naturellement aux êtres et peu à peu tu cesses aussi de les comparer. Ou de te comparer à eux. Tu déjeunes avec des auteurs et tu les apprécies pour ce qu'ils sont, avec leurs forces et leurs faiblesses. Avec plus ou moins de tendresse, d'affection.

Tu as faim, tu manges bien, le corps de ta femme s'enrobe un peu, se ramollit, se détend surtout, loin des salles de gym et des régimes inhumains.

Ta femme avait tort, le brun lui va très bien, l'auteur de best-sellers ne se lasse pas de te le répéter et rapproche de plus en plus sa chaise de la tienne lorsque vous travaillez.

Tu es toi-même de plus en plus troublé, tu as de moins en moins envie de repousser les avances qu'il croit faire à ta femme mais tu ne peux te résoudre à la tromper, ou à te tromper, ou à vous tromper tous les deux d'un coup.

L'auteur de best-sellers te rappelle quand même que ton mari et toi êtes séparés.

Tu lui réponds que oui, mais, pour gagner du temps, pas sa femme et lui.

Il te dit qu'il est libre et qu'il n'a jamais empêché sa femme de l'être.

Tu croises les jambes de la tienne, tu baratines gentiment que tu as besoin de temps, que tu n'es pas encore prête, mais tu sens que tu es de plus en plus sensible à son charme, au charme des hommes, à ton charme.

Ta femme t'attend dans la cuisine avec une bouteille de saké.

Tu lui demandes ce que vous fêtez.

Elle ouvre la bouteille et répond sa ceinture jaune.

Tu dis comment ça jaune ? Que tu étais ceinture marron.

Elle te dit qu'elle a préféré reprendre depuis le début.

Que de toute façon, depuis le temps, il ne devait plus te rester grand-chose.

Tu dis pardon ?

Elle sert deux petits verres de saké.

Tu lui demandes si elle te provoque.

Elle te répond de te regarder deux secondes et de ne pas être ridicule.

Vous levez vos verres.

Ta femme tourne le dos à votre porte d'entrée, elle porte ta vieille tenue de karaté avec sa nouvelle ceinture jaune.

Tu te tiens face à elle à l'autre bout du couloir en chemise de nuit blanche, c'est ce que tu as trouvé de mieux, avec une grosse ceinture en cuir marron.

La bouteille de saké est restée seule dans la cuisine.

Vous avancez l'un vers l'autre au milieu du couloir.

Vous vous saluez.

Ta femme avance un peu, tu recules un peu.

Tu avances un peu, elle recule un peu.

Puis elle te fonce dessus en donnant des coups avec tes poings et tes pieds.

Tu recules en l'observant.
Tu fauches ta jambe d'un coup.
Ta femme s'étale de tout ton long.

Tu places aussitôt ses pieds de chaque côté de ta tête, tu t'accroupis dans ta chemise de nuit et tu cries en simulant un coup final dans ta gorge.

Ta femme te regarde bizarrement.

Tu lui demandes si ça lui suffit.
Elle répond oui oui sans discuter.
Tu cherches des yeux ce qui la gêne et tu vois quelque chose entre tes jambes qui soulève ton pantalon.
Ta femme appuie dessus pour le rabaisser.

Tu la regardes étonné, elle te saisit aussitôt et te projette par-dessus ton corps.

Tu chutes en roulant dans le couloir et quand tu te retournes, ta femme a déjà disparu dans la salle de bains.

Tu te relèves.
Tu t'époussettes.
Tu souris.

C'est au milieu d'une nouvelle engueulade à travers la cuisine que tu te rends compte que ta femme vient de t'appeler chéri.

Ou chérie, tu n'es pas sûr.

Mais elle s'est arrêtée aussi près du réfrigérateur, elle a mis ta main devant ta bouche, et elle te regarde l'air de se demander à qui elle parle.

Ou qui a parlé.

Tu te demandes soudain si c'est bien ta femme dans ton corps, s'il n'est pas habité par quelqu'un d'autre, si la personne en face de toi n'est pas en fait une totale inconnue.

Pour en avoir le cœur net, tu lui dis l'air de rien que c'est bizarre mais que tu ne parviens pas à te rappeler la date de votre mariage.

Elle te regarde étonnée mais répond juste sans hésiter.

Tu es à ça de te demander si tu n'es pas toi-même une autre personne que toi quand ta femme te regarde elle aussi avec méfiance et te demande à son tour quel temps il faisait.

Tu réponds qu'il neigeait, difficile à oublier, et tu lui demandes aussitôt quelle était la couleur de sa culotte sous sa jupe de mariée.

N'importe qui répondrait blanche mais ta femme évite le piège et répond que sa culotte était rouge.

Tu acceptes la réponse.

Ton visage semble rajeunir, s'égayer même, ta femme te demande quel était le nom du vieux serveur de la pizzeria où tu l'avais demandée en mariage.

Tu mets un certain temps à répondre Gino.

Ta femme objecte que beaucoup de serveurs de pizzeria s'appellent Gino et que tu as très bien pu deviner.

Mais c'est ton tour de demander.

Tu la regardes dans tes yeux et tu lui demandes comment elle voulait appeler votre premier enfant.

Ton visage se ferme d'un coup.

Ta femme te demande froidement de préciser, fille ou garçon.

Dans le doute tu dis les deux.

Mais ta femme abandonne, elle dit juste qu'elle est fatiguée et elle emmène ton corps d'imbécile se coucher.

Tu découvres ta femme et ton chat endormis ensemble sur le canapé du salon et tu te demandes lequel des deux a baissé la garde le premier.

Ouvert la forteresse.

Sorti le pont-levis.

Lequel des deux a demandé la paix.

A dit quitte à vivre ensemble, soyons amis.

Et quitte à vivre, vivons ensemble.

Ton chat ronronne contre ton ventre.

Ta femme ronfle.

Tu te laisses glisser contre le mur du couloir, tu t'assois par terre et tu les admires tous les deux.

Ton corps et celui de ton chat.

Ta femme et qui que ce soit endormi dans ton chat.

Tu te relies à eux.

Le sommeil circule entre vous.

Tu t'endors dans le couloir.

Ta femme se réveille en général la première, se lève d'un bond, court dans la salle de bains, puis retourne dans le salon et commence à faire des pompes en attendant que son corps sorte du lit et traverse le couloir en somnambule pour s'occuper du café.

Tu t'arrêtes dans l'embrasure de la porte du salon, tu mets la main de ta femme devant sa bouche pour bâiller, tu la regardes soulever et baisser ton corps au-dessus du tapis, tu grattes ses cheveux dont les racines blondissent et tu te diriges vers la cuisine.

Tu prépares le café, allumes la radio, cherches n'importe quelle station de musique classique.

Ta femme passe aux abdominaux en écoutant la radio tandis que l'arôme du café et l'odeur du pain grillé envahissent l'appartement.

Et un matin, juste à ce moment-là, elle sourit.

C'est si naturel qu'elle ne s'en rend pas compte.

Un rayon de lumière croise un courant d'air dans l'appartement, son sourire se diffuse, se mêle à l'arôme du café, à l'odeur du pain grillé, à la musique classique, à la journée qui commence, ta femme termine tes exercices, étire un peu ton corps et te rejoint dans la cuisine.

Un fruit pour elle, deux tartines pour toi.

Pas de mots et pourtant pas d'angoisse.

Pas de regards mais pas de peur.

Presque pas de pensées.

L'un assis en face de l'autre.

Juste un petit déjeuner.

Enfin.

Tu aides ta belle-mère à essuyer la vaisselle tandis que ta femme boit un cognac avec son père dans leur salle à manger et tu n'es pas mécontent de ta situation.

Ta belle-mère te dit de faire attention, ce torchon-là est pour les verres, et ajoute que ça faisait longtemps qu'elle ne t'avait vue si souriante et détendue.

Tu lui dis que tu aimes bien la vaisselle.

Elle te regarde surprise mais ne te pose pas de questions et continue de te tendre les assiettes propres. Vous entendez ta voix grave et celle encore plus grave de ton beau-père qui se répondent dans le salon. Ça parle d'immobilier et de politique, tu as soudain envie d'embrasser ta belle-mère qui se tait gentiment en te tendant des assiettes, en te foutant la paix, en ne te demandant pas autre chose que de faire attention à ce que tu fais.

Tu changes de torchon pour essuyer les verres.

Elle te sourit.

Tu lui fais un bisou sur la joue.

Elle sursaute, cesse de sourire et te demande si tu es sûr que tout va bien.

Tu dis oui puis tu reprends ton séchage quand soudain ta voix vous parvient beaucoup plus fort depuis la salle à manger et crie que merde est-ce que tu ne peux pas venir dîner tranquille pour une fois sans qu'on te demande où tu en es de ton prochain livre et s'il est autobiographique et s'il sera différent des précédents et merde !...

Tu laisses un verre t'échapper des mains et tu regardes ta belle-mère encore plus stupéfait qu'elle.

Le verre se brise, elle te dit que ça n'est rien, qu'elle va nettoyer, que tu devrais peut-être apporter le café, qu'elle espère que tu ne l'as pas fait trop fort cette fois.

Tu acquiesces et tu emportes le plateau à café dans la salle à manger où ton beau-père répond à ta femme qu'il est désolé, qu'il essaie juste de s'intéresser à ce qu'elle fait, mais qu'il peut aussi se taire si elle préfère.

Tu regardes ta femme en retenant son sourire.

Elle s'excuse, son père se renfrogne et se ressert de cognac, tu poses le plateau, ta belle-mère sort de la cuisine et propose une bonne partie de scrabble.

Ta femme accepte le scrabble avec un entrain qui ne te ressemble guère et lève ton corps pour servir le café mais sa mère ne la laisse pas faire.

Tu t'approches de ton beau-père et lui demandes un verre de cognac.

Il te répond que c'est une boisson d'homme.
Tu lui réponds que tu n'as pas dix ans.
Il te regarde étonné.
Ta belle-mère va chercher le scrabble.

Ton beau-père fait la gueule.

Tu es nul au scrabble et sa fille le laisse toujours gagner d'habitude.

Mais là, à l'abri dans ton corps, elle ne s'est pas gênée.

Son père lui serre quand même la main en lui disant qu'en tout cas elle connaît assez de mots pour écrire un grand livre.

Ta femme le prend soudain dans tes bras.

Son père regarde sa femme à lui sans savoir quoi faire.

Ta belle-mère lève les yeux au ciel.

Ton beau-père serre sans le savoir sa fille dans ses bras.

Elle le serre plus fort.

Tes beaux-parents t'interrogent tous deux du regard à présent.

Tu hausses les épaules de ta femme en souriant.

Vous ne parlez pas beaucoup dans le train qui vous ramène chez vous.

Ta femme a bu trop de cognac, elle caresse ta barbe de quelques jours, pose ta tête sur son épaule et s'endort dans son cou.

Tu regardes ton corps et tu l'envies.

Tu sens ton souffle dans le cou de ta femme.

Ta main attrape la sienne dans son sommeil.

Un clochard traverse le wagon en tendant un gobelet.

Tu lui fais signe de ne surtout pas la réveiller, tu fouilles dans son sac à main et tu lui donnes tout ton argent.

Il vous regarde tous les deux, envie lui aussi ton corps endormi contre toi et pose son doigt sur ses lèvres pour te montrer qu'il a bien reçu le message.

Puis il continue silencieusement son chemin à travers le wagon en faisant signe aux autres passagers de ne surtout pas faire de bruit.

Depuis la laverie, ta femme te demande ce que tu veux pour le dîner.

Tu réponds du poulet et lui demandes comment ça va à la laverie.

Elle t'écrit qu'elle s'ennuie.

Tu ne sais pas quoi répondre car tu n'as jamais vu ta femme s'ennuyer.

Tu lui réponds qu'elle n'a qu'à jouer à un des jeux d'arcade au fond de la laverie.

Elle t'écrit qu'elle non plus, elle n'a pas dix ans.

Tu souris et tu ajoutes que celui de combat est ton préféré.

Elle répond évidemment. Et au bureau ça va ?

Doucement, tu attends l'auteur de best-sellers.

Encore.

Eh oui.

Bon, l'essorage touche à sa fin.

Ok, bon courage pour le séchage.

Merci.

Tu commandes un troisième whisky soda, assis au fond d'un bar obscur.

Tu as honte de rentrer chez vous mais tu n'as pas su retenir le coude de ta femme lorsque l'auteur de best-sellers a posé la main sur sa cuisse.

Il va mieux seulement il t'a téléphoné depuis l'hôpital avec sa moitié de bouche encore utilisable et ça n'a pas traîné : rupture de contrat ou coups et blessures, c'est toi qui choisis.

Pas de discussion, pas de réparation possible, ta démarche voûtée dans le couloir, dans l'ascenseur, dans le hall, ton allure abattue sur le trottoir, sous la pluie, en entrant dans le bar, ton air idiot maintenant face à un troisième whisky soda, les bouches de deux hommes qui parlent en te léchant du regard depuis le bar, quoi qu'il arrive te souvenir de ne pas les envoyer à l'hôpital.

Tu te rends compte que ce n'est pas l'échec qui t'angoisse mais la déception de ta femme sur ton visage lorsqu'elle apprendra. Tu ne croyais pas possible de la décevoir encore plus dans son corps que tu n'y étais arrivé dans le tien.

Tu aurais pu sourire, laisser l'auteur de best-sellers faire joujou, retirer gentiment sa main, le repousser sans le décourager.

Mais tu n'as pas hésité.

Coude, visage, hôpital.

Pas toucher femme.

Ou alors bam.

Tu as honte, tu as peur, tu bois.

Un des deux hommes s'approche, tu serres les coudes, te sourit, tu lui souris aussi, s'assoit, tu te lèves, te regarde surpris, tu marches vers la sortie, te suit du regard, tu passes devant l'autre qui détourne les yeux et tu sors du bar.

La pluie s'est calmée, tu décides de rentrer à pied en regardant les autres gens, les autres vies, en oubliant un peu la tienne, la vôtre, pour te rappeler que vous n'êtes que deux êtres parmi tant d'autres et que ça n'est facile pour personne.

L'odeur de la ville après la pluie emplit les narines de ta femme, l'automne a toujours été sa saison préférée, et la tienne aussi pour une fois, ce qui fait que son corps et ton esprit s'accordent pour un moment dans cette marche calme et triste, baissant peu à peu ses épaules pour redevenir un simple être humain, homme ou femme ou les deux, peu importe, une fourmi qui ne comprend rien à rien mais qui fait de son mieux pour avancer.

Pour rester aussi.

Pour ne pas prendre le premier train en direction de la première destination et emporter à jamais le corps de ta femme loin du tien.

Pour rentrer chez vous.

Admettre que tu n'es rien.

Mais que tu as besoin d'elle.

Comme si elle était toi.

Arrivé dans votre rue, tu sautes au-dessus d'une flaque d'eau et tu te réjouis d'être léger, si délicieusement léger.

Ta femme te regarde sans y croire.

Tu lui expliques laborieusement ce qui s'est passé, ton visage est de plus en plus horrifié.

Tu t'embrouilles, tu tords ses mains, grattes ses cuisses, tu as tout d'un coup très envie de faire pipi, c'est elle qui s'en rend compte avant toi, elle te dit d'aller aux toilettes, tu lui obéis sans discuter.

Ta femme reste assise seule dans la cuisine, inspire profondément et se met à frapper ton front sur la table.

Doucement d'abord.

Puis de plus en plus fort.

Tu reviens de la salle de bains, tu lui dis d'arrêter, elle continue, tu t'approches d'elle pour retenir ta tête mais ta femme attrape son bras, le tord, se lève, et te renverse sur la table de la cuisine.

Tu te débats.

Elle te gifle, elle te retourne, elle déchire sa jupe avec ta main.

Tu ne te débats plus.

Tu entends ta femme qui baisse son pantalon, tu écartes ses jambes en tremblant, son cœur te martèle la poitrine, tu fais une prière vers le plafond de la cuisine, tu fermes les yeux et tu attends.

Pas longtemps.

Avant de crier.

Ta femme crie aussi.

Pas longtemps.

Avant de s'écrouler sur toi.

De se relever.

Et de s'enfuir dans le salon.

Vautré dans le corps de ta femme sur la table de votre cuisine, tu regardes fixement le four.

Tu te demandes ce que signifie le petit symbole à droite de la température.

Ça doit être le grill ou la chaleur tournante mais tu n'en es pas sûr.

Tu te demandes combien de fois tu t'es posé cette question, combien de fois tu t'es dit que tu la poserais à ta femme quand elle rentrerait le soir, et combien de fois tu as oublié de la lui poser.

Tu lui avais même téléphoné à son bureau une après-midi pour connaître enfin la réponse mais tu avais parlé de la pluie et du beau temps avec son assistante si bien que tu n'avais plus su pourquoi tu appelais ta femme quand elle te l'avait finalement passée.

Tu hésites à la rejoindre tout de suite dans la chambre pour lui demander avant d'oublier une nouvelle fois mais tu te dis aussi que ça n'est pas le moment.

Au lieu de ça tu te laisses couler doucement le long de ses jambes.

Puis tu te redresses et tu trottes tant bien que mal jusqu'à la salle de bains avec ta petite culotte sur les chevilles.

Tu es assis dans le métro et tu souris comme un idiot.

Une idiote, doivent se dire les passagers, mais tu te contrefous de ce que peuvent se dire les passagers.

La révolution sexuelle a lieu dans ton appartement.

Tu as sommeil, tu n'es pas maquillé, tu as mal partout, mais tu t'es réveillé près de ta femme, dans tes bras, face à ton visage.

Tu aimes le métro, les passagers, l'heure de pointe, le boulot, la vie, tout.

Tu rayonnes.

Tu resplendis.

Ton assistante te parle et tu ne sais pas exactement si c'est de baiser ta femme ou de te baiser dont tu as le plus envie mais ça te tiraille dans tous les sens.

Tu n'arrêtes pas de voir des images d'elle, de toi, de ton corps que tu croyais connaître et du sien dont tu ne savais rien.

Tu lèves le col de son manteau pour inspirer en dessous, ton assistante continue de te parler, tu t'assois sur son bureau pour l'écouter, elle s'étonne de te voir si détendue après l'incident avec l'auteur de best-sellers, tu te lèves, tu bâilles, tu enlèves ton manteau, ton assistante s'arrête au milieu d'une phrase en découvrant ton haut de pyjama.

Tu lui expliques les yeux ravis que c'est celui de ton mari.

Elle applaudit.

Tu la regardes étonné.

Tu ne l'avais jamais vue faire ça.

Tu entres dans ton bureau, tu t'assois et tu applaudis aussi avant de prendre une grande inspiration et de te mettre au travail.

Tu essaies de te concentrer mais tu ne tiens pas en place, tu remues sur ta chaise, tu te lèves, tu vas à la fenêtre, tu regardes le ciel, tu reviens t'asseoir, tu te balances en arrière, tu te penches en avant, tu croises les bras de ta femme sur son bureau, tu poses sa tête dessus, tu fermes ses yeux, et tu t'endors.

Le téléphone sonne, tu décroches rêveusement, ton assistante te demande si elle peut te passer ton mari.

Tu cries oui !

Puis tu te reprends.

Éclaircis la voix de ta femme.

Redis oui plus bas.

Ton assistante te passe ta femme.

Ta voix te supplie de revenir chez vous.

Tu redis oui encore, encore plus bas.

Tu rappelles ton assistante, tu fais semblant de tousser, tu lui dis que tu as attrapé un mauvais rhume et qu'il te faut un taxi au plus vite.

Puis tu raccroches, souris, décroches à nouveau, et tu ajoutes qu'il te faudrait aussi des fleurs.

Tu as ton propre sexe dans la bouche et tu te demandes quoi en faire.

Tu écoutes ta femme qui gémit, tu as de plus en plus l'impression d'étouffer mais tu tiens absolument à lui prouver que ça n'était pas si compliqué.

Elle jette un œil vers toi, tu fermes les siens de peur qu'elle remarque ton embarras.

Pour le nombre de fois où elle t'a dit qu'elle aimerait bien t'y voir, ta femme est servie.

Ton corps se tend, tu sais ce qu'elle ressent, tu t'appliques, tu te dévoues, tu te sacrifies.

Ta femme râle et crie.

Tu envisages le meilleur et le pire mais pour une première fois tu trouves que ça fait beaucoup et tu te dis que ta femme ne peut quand même pas te reprocher ça.

Tu caches sa bouche dans le drap puis tu attrapes une bouteille d'eau sur votre table de nuit et tu oses enfin regarder ta femme.

Elle est transfigurée.

Les larmes lui montent aux yeux, elle dit merci, elle dit pardon, qu'elle ne se rendait pas compte, que si elle avait su, elle t'aurait englouti tous les matins.

Tu t'étrangles, tu tousses, tu rebois une grande gorgée d'eau et tu lui réponds qu'il ne faut quand même pas exagérer.

Ta femme s'approche de toi avec ton sourire en coin et commence à lécher ses seins.

Tu regardes ta langue qui descend vers son nombril, tu poses sa main sur tes cheveux, tu bascules en arrière, tu fermes les yeux, tu es soudain si heureux.

Ton rhume ne s'arrange pas, l'assistante de ta femme se tape tout le boulot au bureau et votre appartement ressemble de plus en plus au jardin d'Éden.

Vous mangez, vous dormez, vous baisez, vous êtes tout le temps nus, il ne manque que les animaux, à part ton chat qui regarde seul la télé, les plantes, à part les fleurs sur la table de la cuisine, une petite rivière où vous baigner, à part votre baignoire, et Dieu évidemment, à moins que ce ne soit lui qui n'arrête pas de faire sonner votre téléphone dans le couloir.

Tu finis par décrocher.

Ton assistante te dit qu'elle ne sait plus quoi faire.

Elle te parle d'un effet boule de neige et t'apprend que vous êtes en train de perdre vos auteurs un par un.

Tu laisses ta femme dormir, tu te douches, tu t'habilles avec son tailleur noir le plus sexy, tu te maquilles tout seul et tu sors son rouge à lèvres pour lui laisser un mot sur la glace de la salle de bains.

Tu écris, tu souris, tu relis, tu soupires, tu effaces avec de l'eau, ça s'en va mal, tu essuies, tu recommences, tu effaces de nouveau, tu réfléchis, tu t'assois sur le rebord de la baignoire, le temps passe, tu as une idée, tu te lèves, tu approches le bâton de rouge à lèvres de la glace, mais non, tu te rassois, tu t'énerves, tu tapes du pied, tu dois t'en aller, tu ne sais pas, tu hésites, tu en as marre, tu dessines juste un cœur, et un autre à l'intérieur, avant de t'en aller.

La tête de ton assistante quand tu lui demandes un rendez-vous avec sa petite amie.

Son sourire.

Et puis, timidement, le tien.

L'auteur de best-sellers te regarde méfiant au-dessus de ses huîtres, accepte tes excuses, s'excuse lui-même et te répète qu'aussi brillante que tu sois il ne peut pas travailler avec une femme comme toi, que tu perturbes trop son équilibre, son calme, sa maison, et que ce n'est certainement pas ton nouveau tailleur qui va arranger les choses.

Tu lui réponds qu'il ne peut pas savoir à quel point tu le comprends et tu lui demandes des nouvelles de son manuscrit.

Il te dit qu'il est enchanté, qu'après son passage à l'hôpital il a traversé une sorte de dépression au bout de laquelle il est revenu de la Russie à la Chine mais qu'il te sera toujours reconnaissant de l'avoir poussé du haut de sa tour d'ivoire pour le forcer à s'envoler à la découverte d'autres horizons.

Tu trouves qu'il parle bien, tu l'écoutes un moment en admirant son aisance puis tu profites de sa reconnaissance pour lui demander une huître.

Il t'avoue qu'il compte même faire figurer ton nom dans ses remerciements.

Tu lui réponds que tu as peut-être une meilleure idée s'il tient vraiment à te remercier.

Il t'écoute.

Tu avales son huître et tu lèches les lèvres de ta femme avant de lui proposer la préface d'un manuscrit que tu annonces comme un pavé dans la mare des thrillers psychologiques.

Son regard s'éclaire, il te demande qui en est l'auteur.

Tu lui donnes le nom de la petite amie de ton assistante.

Il dit c'est pas vrai, encore une femme.

Tu lui dis que oui, mais de ne pas s'inquiéter, qu'il n'aura même pas à la rencontrer, et que de toute façon elle préfère les femmes.

Il te dit avec un sourire que lui aussi.

Tu dis ha ha ha.

Il rit aussi, se demande pourquoi il a toujours envie de te faire plaisir et accepte de lire le manuscrit.

Le café arrive, tu refuses le cigare qu'il te propose, tu sors le manuscrit du sac à mains de ta femme et tu le poses sur la table.

Tu ne sais plus très bien qui tu es mais tu t'en fous.

De plus en plus tu t'en fous.

Tu laisses simplement la vie passer en toi, tu te contentes de respirer, de t'asseoir, de regarder, écouter, sentir, goûter, toucher, tu te contentes d'aimer, d'aimer toi, ta femme, votre chat, le voisin du dessous ou la boulangère du coin, sans rien attendre de personne, sans rien attendre de rien, simplement en étant là.

Parfois te traverse le souvenir flou de la création, d'un temps où tu voulais écrire, à tout prix, jusqu'à ne plus pouvoir respirer, et c'est un âge qui te paraît aussi éloigné et aussi incompréhensible que l'enfance.

Aussi triste aussi.

C'est pour ça qu'au début tu paniques, assis dans les toilettes du bureau de ta femme, en découvrant le résultat de ton test de grossesse.

C'est pour ça que tu as peur.

Que tu sors en rasant les murs jusqu'à l'ascenseur,

que tu descends au rez-de-chaussée sans même jeter un œil au miroir, que tu vacilles sur le trottoir dans ton ultra sexy tailleur noir et que deux ou trois passants te demandent si ça va.

Tu réponds que oui sans t'arrêter, tu cherches un square, un banc, un endroit où t'asseoir, et tu prends la tête de ta femme entre ses mains.

Un enfant.

Tu attends un enfant.

Tu es le premier homme sur Terre à attendre un enfant.

À ceci près que tu es une femme.

Ta femme.

Ta femme s'est endormie face à votre linge qui tourne, tu entres dans la laverie et tu t'assois à côté d'elle en attendant qu'elle se réveille.

Elle finit par ouvrir les yeux, se tourne vers toi, ouvre ta bouche et roule ta langue dans la sienne.

Tu la laisses faire mais elle sent ton trouble et te demande ce que tu as.

Tu hésites, tu cherches une formule, tu ne trouves rien.

Tu regardes fixement les machines à laver.

Tu annonces à ta femme qu'elle va être papa.

Sa respiration s'arrête.

Elle regarde avec toi votre linge qui continue de tourner.

Sa petite culotte rouge que tu as mise la veille vient se coller au hublot.

Ta femme prend sa main dans la tienne.

Tu la serres.

Elle te regarde dans ses yeux et dit que c'est impossible.

Tu dis quoi ?

Que c'est trop risqué.

Tu dis non.

Que vous ne pouvez pas le garder.

Tu dis si.

Elle insiste.

Tu lui dis que c'est toi qui attends un enfant, pas elle.

Elle te dit que c'est son corps quand même.

Tu lui réponds que si elle voulait avorter elle n'avait qu'à tomber enceinte avant.

Elle fronce tes sourcils, t'explique que ce n'est pas l'expérience de l'avortement qui l'intéresse.

Tu lui demandes ce qui l'intéresse alors ?

Vous regardez les autres personnes dans la laverie, celles qui s'affairent et celles qui ne font rien.

Un petit garçon cesse d'aider sa mère, s'approche de vous et demande à ta femme si on joue aujourd'hui.

Ta femme le regarde sans comprendre.

Tu lui indiques d'un signe de tête les jeux d'arcade au fond de la laverie.

Ta femme dit non, voit la tête du petit, dit oui.

Elle se lève, le petit garçon prend sa main et l'entraîne vers le jeu vidéo, ta femme se laisse faire en tournant la tête vers toi tandis que la mère du petit les regarde passer et remplit trois machines avec le linge de toute une famille.

Ta femme observe le jeu d'arcade tout en sortant des pièces de monnaie. Le petit lui demande s'il peut les glisser, elle dit bien sûr et les lui donne.

Le jeu se réveille, le petit s'illumine, ta femme se rapproche de l'écran, un gong retentit et un vieux Japonais lui explique qu'il a réuni les meilleurs combattants du monde dans son dojo pour un tournoi à mort et sans pitié.

Après quoi il saute en l'air et donne un coup de pied en criant.

L'écran se partage, le petit demande à ta femme qui tu prends, elle comprend qu'il s'agit de choisir un personnage, spontanément elle choisit une fille, le petit se moque d'elle en riant et choisit un boxeur chauve et moustachu qui rugit torse nu.

Ta femme vient de la jungle amazonienne, elle porte une queue-de-cheval et elle est championne de capoeira. Le boxeur la montre du doigt et éclate de rire en retirant ses gants et frappant ses deux poings nus.

Ta femme a presque peur.

Elle regarde le petit du coin de ton œil, comme lui elle agrippe la manette et appuie sur les boutons.

Tu te lèves et t'approches discrètement pour voir ça.

Ta femme n'a même pas le temps de comprendre à quoi servent les boutons, le petit va à toute vitesse, ta femme vient de la jungle amazonienne et elle hurle de douleur en prenant coup sur coup avant d'agoniser dans un bain de sang.

Tu retournes vite t'asseoir.

Le petit la regarde consterné et lui dit que t'es nul aujourd'hui.

Ta femme dit désolée, qu'elle a la tête ailleurs, le jeu recommence, et tandis que le boxeur remet ça et que la championne de capoeira se prend une nouvelle raclée, ta femme tourne ta tête par-dessus ton épaule et te sourit.

—

Vous rentrez de ta première échographie, ta femme claque la porte de votre appartement et te répète que c'est hors de question.

Qu'on n'est pas au Moyen Âge.

Et que les hôpitaux sont faits pour ça.

Tu entres dans la cuisine, tu ouvres le réfrigérateur, tu te penches à l'intérieur, et tu lui réponds que si elle t'empêche d'accoucher chez vous, tu t'enfuiras accoucher quelque part dans la forêt.

Elle te regarde étonnée et te demande quelle forêt.

Tu sors sa tête du réfrigérateur et tu lui réponds que tu n'es pas idiot, tu ne vas pas lui dire.

Ta femme soupire.

Elle dit qu'elle espère que votre enfant aura son bon sens et pas le tien.

Tu dis toi aussi.

Qu'il vaudrait mieux qu'il ait son bon sens que son sens de l'hospitalité.

Ta femme te regarde et te rappelle qu'hospitalité vient d'hôpital.
Tu lui dis bravo et tu lui demandes si elle veut jouer ça au scrabble aussi pendant qu'elle y est.
Elle dit pourquoi pas et quitte la cuisine.
Tu retournes dans le réfrigérateur.

Ta femme revient avec la boîte du scrabble et la pose sur la table de la cuisine.
Tu lèves à nouveau sa tête et lui dis que tu plaisantais.
Elle dit que pas elle et installe le jeu.
Tu sors des fraises et tu t'assois.
Ton corps s'assoit face à toi et pioche un A.
Tu retournes un B.
C'est ta femme qui commence.

PANTOISE.

Scrabble et mot compte triple.

Tu accouches à la maison.

La sage-femme est un homme, ce qui te la rend tout de suite sympathique.

Il entre, te serre la main, serre celle que lui tend ta femme, fait avec vous le tour de votre appartement, vous demande dans quelle pièce vous envisagez l'accouchement.

Ta femme répond la chambre, tu dis le salon.

La sage-femme vous regarde et sourit.

Vous dit de ne pas vous inquiéter.
Qu'il est là pour vous accompagner.
Que vous avez toute la grossesse pour vous préparer.
Et que la moitié des accouchements à domicile se terminent dans la salle de bains de toute façon.

Assis contre le bureau de ta femme, tu fais monter les enchères autour d'un pavé dans la mare des thrillers psychologiques.

Tu es devenu bien plus gros que tu ne l'étais dans ton corps mais vous êtes deux cette fois, pour ne pas dire trois.

Tu as mis le haut-parleur de ton téléphone, assise face à toi ton assistante écoute hallucinée tous les éditeurs qui ont refusé le manuscrit de sa petite amie se poignarder dans le dos pour acheter n'importe quel ouvrage préfacé par l'auteur de best-sellers.

Tu décides de les faire encore mariner mais tu suggères à chacun d'eux la livraison immédiate d'un grand plateau de fruits de mer à la maison de campagne de l'auteur de best-sellers et tu imagines toute la petite famille réunie qui n'arrête pas d'écrire tout en gobant des huîtres.

Ton assistante te fait un signe.

Tu ajoutes deux cheeseburgers avec des frites à livrer tout de suite à ton bureau, puis tu raccroches avant de lui annoncer qu'elle a bien mérité un long weekend en amoureuses.

Ton assistante se lève.
S'approche de toi.
S'agenouille.
Tu restes perplexe.

Elle pose son oreille contre le ventre de ta femme, reste un moment immobile et te dit qu'à son avis c'est une fille.

Tu lui demandes si elle est sûre.

Elle ferme les yeux, écoute encore un peu, dit que non, elle n'est pas sûre, puis elle se relève et te demande pourquoi ton mari ne veut pas qu'on détermine le sexe de votre enfant.

Tu lui réponds qu'il estime que c'est à l'enfant de décider.

Ton assistante te regarde.
Réfléchit.
S'approche de la fenêtre.
Regarde le ciel.
Inspire.
Émet un petit son.
Baisse la tête.
Et sort du bureau en continuant de réfléchir.

Tu n'arrêtes pas de pleurer.

Les vannes sont ouvertes, tu inondes votre appartement, ta femme appelle son assistante pour la prévenir que tu n'es pas en état de venir au bureau.

Tu ne sais même pas d'où viennent tes larmes, à qui elles appartiennent, à toi, à ta femme, à votre enfant, mais elles ne tarissent plus.

Ta femme te suit à travers l'appartement avec des mouchoirs en papier en te serrant sur ton épaule chaque fois que tu la laisses faire.

Tu t'y reposes en reniflant, tu t'y calmes, tu t'y ressources, puis tu reprends, tu chiales sans t'arrêter, tu pleures toutes les larmes du corps de ta femme, toutes tes larmes, toutes celles de votre enfant.

Ça dure comme ça quelque temps, et puis ça s'adoucit, ça se réduit, et soudain ça s'arrête, comme un petit matin clair après des jours de pluie.

Tu ouvres les yeux, tu tends la main pour vérifier, tu crois sentir une larme mais non, c'est passé.

Depuis les entrailles de votre lit, tu entends ta femme qui éclate de rire devant la télé et tu te demandes ce qui peut bien la faire marrer.

Tu as mal partout, ses seins ont triplé, tu aimais bien être une femme, être une vache te plaît moins.

Tu te traînes tout nu jusqu'au salon, tu t'affales sur le canapé, ta femme soulève sa tête, la pose sur tes genoux et passe ta main dans ses cheveux mi-blonds mi-bruns.

Elle caresse émerveillée son gros ventre, tu embrasses fasciné les abdominaux du tien.

Ton chat sort de sous le canapé, vous grimpe dessus, s'installe confortablement sur vous trois.

Tout le monde se met à ronronner et pendant un moment, vous arrêtez de vous demander ce qui va se passer après.

Les voisins ont beau avoir été prévenus, ils défilent un par un à la porte.

Il est trois heures du matin et tu hurles très régulièrement depuis huit heures du soir.

Ta femme essaie de rassurer tout le monde mais personne ne s'inquiète.

Ils veulent juste savoir si le bébé va sortir et quand ils pourront enfin dormir.

Agenouillée près de la baignoire, ta sage-femme te pose des compresses sur le front tandis que ta femme ronge tes ongles assise sur les toilettes.

Tu hurles.

Ta femme saute des toilettes et rejoint ta sage-femme au bord de la baignoire.

Tu regardes défiguré ces deux hommes qui s'occupent de toi.

Tu hurles encore.

Et tu broies ta main dans celle de ta femme.

Tu la traites de tous les noms, de pute, de connasse, de salope, tu gueules que tout ça est de sa faute et que tu la hais.

La sage-femme explique à ta femme de ne pas s'inquiéter, que tu t'adresses sûrement à ta mère, que ça arrive souvent, que c'est très bien, que tu as besoin de lâcher.

Tu lâches dans tous les sens.

Tu pousses, tu pètes, tu chies.

Tu cries que tu veux mourir.

Ta femme te crie de ne pas mourir.

Le bébé passe sa tête, tu insultes la sage-femme à présent.

Il sort le bébé de l'eau, ta femme coupe son cordon, tu tends les bras vers lui.

Le temps s'arrête.

Le bébé hurle.

Le temps reprend.

Ta femme te dit que c'est une fille en pleurant.

La sage-femme pose votre enfant sur les seins de ta femme.

Tu la serres doucement contre toi.

La sage-femme fond en larmes.

Ta femme le prend dans tes bras.

Le bébé pleure.

Tout le monde pleure sauf toi.

Et c'est la fin.

C'est-à-dire le début.
La vie.
Qui.
Continue.

Tous les matins vous emmenez votre enfant au parc et vous regardez autour de vous avec vos yeux nouveaux.

Les arbres, l'herbe, le ciel, l'étang et les canards, quelques coureurs, une femme qui pousse une poussette tout en téléphonant, un vieux monsieur qui fend l'air sans effort apparent, comme on respire.

Vous respirez.

Vous marchez.

Vous portez votre enfant.

Vous vous appuyez sur les arbres, sur le ciel, sur l'étang et les canards. Vous vous appuyez sur le vieux monsieur, sur la poussette. Vous prenez confiance dans le monde et vous continuez de marcher.

Vous ne pensez qu'à marcher.

Vous ne faites que marcher.

Vous marchez en marchant.

Le vieux monsieur vous croise et salue ta femme.
Tu la regardes étonné.
Elle murmure ceinture noire.

Vous posez votre enfant dans l'herbe, ta femme étire ton corps tandis que tu étends le sien, que tu le tournes sur le côté et que tu te mets à chantonner.

Ta femme s'assoit en tailleur près de toi et écoute sa voix qui chantonne.
Elle prend un brin d'herbe, le met dans ta bouche, regarde au loin.
Et elle se dit qu'elle va te l'écrire, elle, ton roman.

Régis de Sá Moreira dans Le Livre de Poche

Le Libraire n° 30619

« Vous l'avez lu ?
– Oui, dit le libraire.
– Moi aussi », répondit le jeune homme. Le libraire lui sourit. Le jeune homme prit confiance :
« Mais je l'ai offert à quelqu'un... à qui je n'aurais pas dû l'offrir.
– C'est difficile d'être sûr de ces choses-là, répondit le libraire.
– Oui, dit le jeune homme.
– Ne désespérez pas, dit encore le libraire. Certains livres sont à retardement... »

Zéro tués n° 30906

Joseph se leva du canapé. Il s'approcha de son frigidaire, ouvrit le congélateur et s'y accouda.
« T'as trouvé qu'elle allait bien ?
– Autant que possible, répondit Françoise.
– C'est-à-dire ?
– C'est-à-dire qu'on vit dans un monde pourri, dégueulasse, que tout... presque tout, pour peu qu'on le regarde de près, est à gerber, mais qu'elle doit bien s'en accommoder.
– La routine, quoi.
– La routine. »

Du même auteur :

PAS DE TEMPS À PERDRE, roman, Au diable vauvert.

ZÉRO TUÉS, roman, Au diable vauvert, Le Livre de Poche.

LE LIBRAIRE, roman, Au diable vauvert, Le Livre de Poche.

Achevé d'imprimer en janvier 2010, en France sur Presse Offset par
Maury-Imprimeur - 45330 Malesherbes
N° d'imprimeur : 151572
Dépôt légal 1re publication : janvier 2010
Librairie Générale Française - 31, rue de Fleurus - 75278 Paris Cedex 06